惹作

易小荷 著

文匯出版社

新经典文化股份有限公司
www.readinglife.com
出 品

目 录

引子·百草枯　　　　　　　1

1995 年
─────────────── 罗乌

瓦萨·羊皮鼓　　　　　　　7

毕摩·兹兹普乌　　　　　　18

察尔瓦·生育魂　　　　　　29

绵羊上山·羊胛骨　　　　　36

威噶咯·初潮　　　　　　　43

骨头·订婚酒　　　　　　　50

哭嫁·分家饭　　　　　　　59

大雁·天生桥　　　　　　　65

2010 年
瓦岗

坨坨肉 · 莫且格且	71
帕察阿省 · 大石包	77
苏甲哈 · 洞房	87
德古 · 瓦曲拖村	91
鲁阿朱 · 蓝紫色头巾	100
组长 · 酸菜汤	106
女贞树 · 橘子	113
野猪 ·《阿依阿芝》	123
"苏菲" · 鲁阿朱的药方	130
黑彝的糖 · 出凉山	137
斧子 · 命	143
钻牛皮 · 黑舌头	150
尼木措毕 · 百褶裙	155

核桃树·尼茨　　　　　164

"阳世界"·"阴世界"　　170

孜孜涅扎·白色的路　　179

知了·秃鹫　　　　　　184

死给·打冤家　　　　　188

哭丧·德布洛莫　　　　197

麻绳·悬崖上的老树　　203

余音　"空山不见人"　　211

附录　其他女人　　　　241

后记　　　　　　　　　261

致谢　　　　　　　　　275

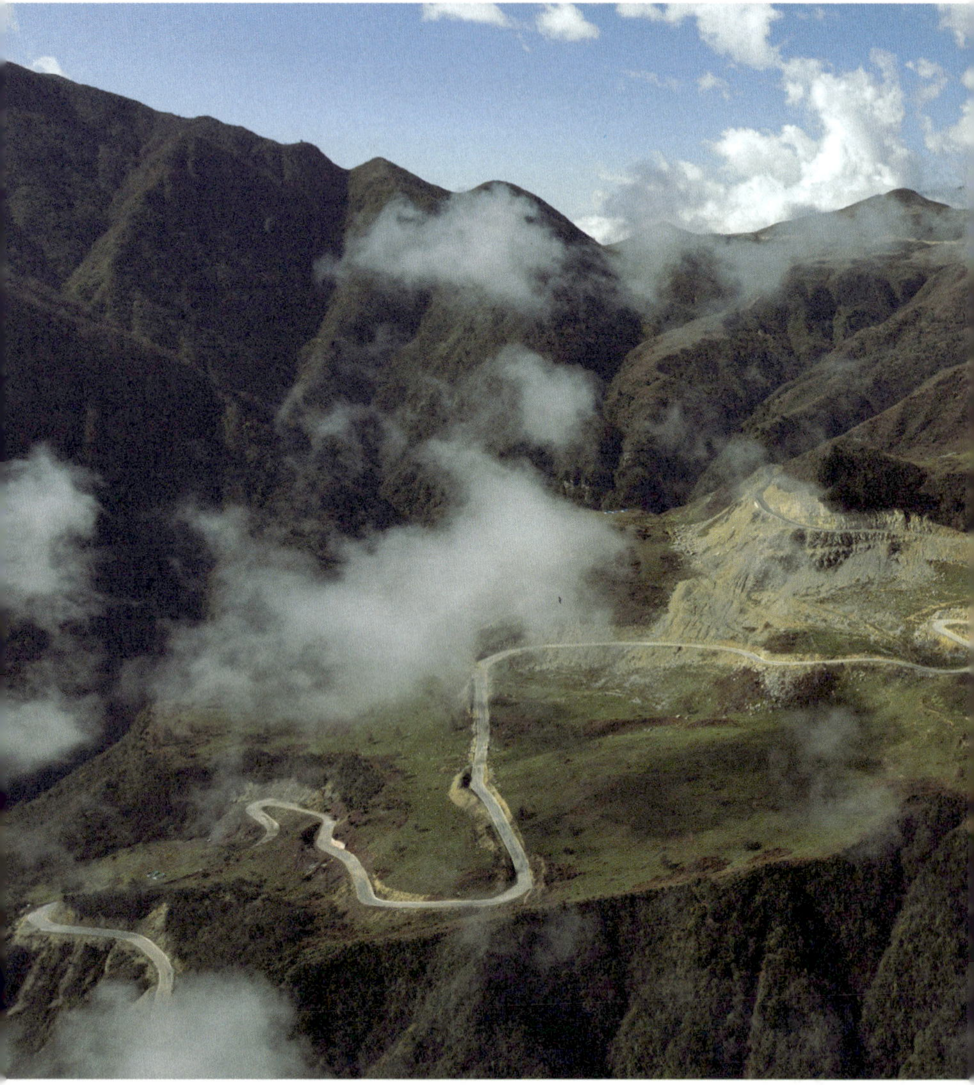

把视线拉远拉高，能看见大开大合的峭壁一泻而下，罗乌的峡谷深邃，人的命在其中微渺到不值一提

层层的山峦把瓦岗锁住,似乎在天边,又似乎在神秘的梦境里

行走在罗乌，天空与大地赤荡相见，
仿佛能体会到苦家先祖在无限的天地中活着的感觉

这里多是些矮树，并没有多少遮挡，光线澄净，临近中午时分，一束光照射在云海深处，就像在一罐水里注入金色的染料，把罗乌的马都变亮了

千百年以来，彝人身披察尔瓦穿行在这世界的尽头，
悲悯的大地仿佛什么都能容纳

天苍苍，野茫茫，一个人和一匹马、一座山并没有什么区别

毕摩驱鬼的仪式非常繁复，它是彝族传统文化的一部分，某种程度上也能给人们带来心理慰藉

毕摩是彝族地区不可或缺的角色,既是他们的祭司,也承担了"文化传承人"的作用

瓦岗如今的集市不比从前热闹,主力基本都是女性,
许多婆婆孃孃靠在集市里赚到钱,让自己有点生活费

瓦岗的集市上，还有人在用着传统的秤

瓦岗的婚宴上，依旧还有新娘掩住面孔、不让人看见的习俗

如今的婚宴丢掉了许多从前的传统,形式也变得大同小异

金阳县城的道路上，依旧还能看到彝族女性戴着传统的头巾，背负着不知道哪里砍来的木柴

彝族姑娘常常会盛装出席火把节，
但是一个地方一个风俗，罗乌和瓦岗都没有什么庆祝活动，
只是由毕摩做一场"星回"祭祀祈福

瓦岗镇上的酒坊是生意最好的地方

牛和羊都是生活在高山上的彝族人不可或缺的收入来源

毕摩家里的鹰爪酒杯

每一个毕摩都有祖传的经书,也是区别于其他毕摩最大的"法器",能保存下来的却少之又少,这是瓦岗毕摩熊以机的祖传经书

凉山有句谚语:"生于火塘边,死于火焰中。"
冬天的瓦曲拖村和凉山别的地方一样,绝对离不开火

引子·百草枯

苦惹作死得很慢,她喝下一瓶百草枯[①],撑到第三天,才咽下最后一口气。

瓦曲拖村的人,大都不记得她的样子,也不记得她为什么而死。在这大山之间的小小彝村,一个女人的死就像一粒苞谷落进泥里。事实上,她们活着的时候也这样无声无息。

连苦惹作的哥哥姐姐也不知道她死的时候到底多大,十八岁,或者十九岁。他们只记得她生于夏天,"荞麦刚播种,洋芋还没有收上来的时候"。他们也不记得她的死亡日期,应该是马月,要不然就是羊月,"都穿厚衣服了,冷得很"。

那是2013年,瓦曲拖村已经通了电,但还没装上路灯,村民们总是心疼那两度电,黑透了也不肯开灯,拾两根柴火放进火塘里,屋子里才有点黯淡的光亮。

黄昏时刻,也就是"子姆"和"厄姆"交替之时。"子姆"

---
① 百草枯,一种除草剂,对人有剧毒,现已全面禁止生产和使用。

是白天,"阳世界";"厄姆"是黑夜,"阴世界"。此刻过后,黑暗笼罩大地,妖魔和鬼魂开始满世游荡,十八岁的苦惹作走在了去死的路上。

她低着头,慢慢走过一片只剩残株的苞谷地,走过一条积雪的泥泞土路。几只鹅扑扇翅膀,老牛卧在路边咀嚼干草,有些人家的炊烟已经飘上屋顶,空气中弥漫着雪的味道、牛粪的味道、煮洋芋的味道,以及宰杀牲畜的血腥味中的死亡气息。

她一步一步挪到门口,坐在自家院外的一棵棕树下,也不知道在那里坐了有多久。她仰起头,望着苍茫暮色中的山峦和峡谷、永远也无法离开的村庄,一口灌下了那瓶百草枯。

把百草枯的瓶子扔在墙角,苦惹作蹒跚走回幽暗冰冷的家:土坯房、黄泥地、简陋的木床和透风的木头屋顶。火塘中没有生火,黑色的柴草灰散发着苦涩阴冷的气息,还有那些散乱摆放的箩筐、锅盆和化肥袋——她全部的财产。

那时苏丽只有三个月大,惹作给她换过尿布,或许还亲了亲她,然后把她放到床上,自己脱了鞋,慢慢地躺在女儿身边。

百草枯对消化道有强烈的刺激,会造成不停的呕吐。惹作兴许起初还会很小心,怕吐到床上,吐过几次也就无须在意了。她会伸出手,轻轻搂着只会咿呀哼叫的女儿。外面不时传来人声和狗叫,惹作静静地躺着,不知道流了多少眼泪,把枕头都打湿了。在这寒冷的冬夜,在这与世隔绝的大山里,在这样一间黯淡无光的土屋中,这个从没上过一天学的年轻女人——女儿、妹妹和母亲——一定想了很多：刚刚出生几个月的女儿、让她彻底绝望的丈夫，或许还有那条走了再也没回来的黄狗。她一定也想到了自己，还有她这十八年的完全不值得回忆的人生。

○瓦曲拖村

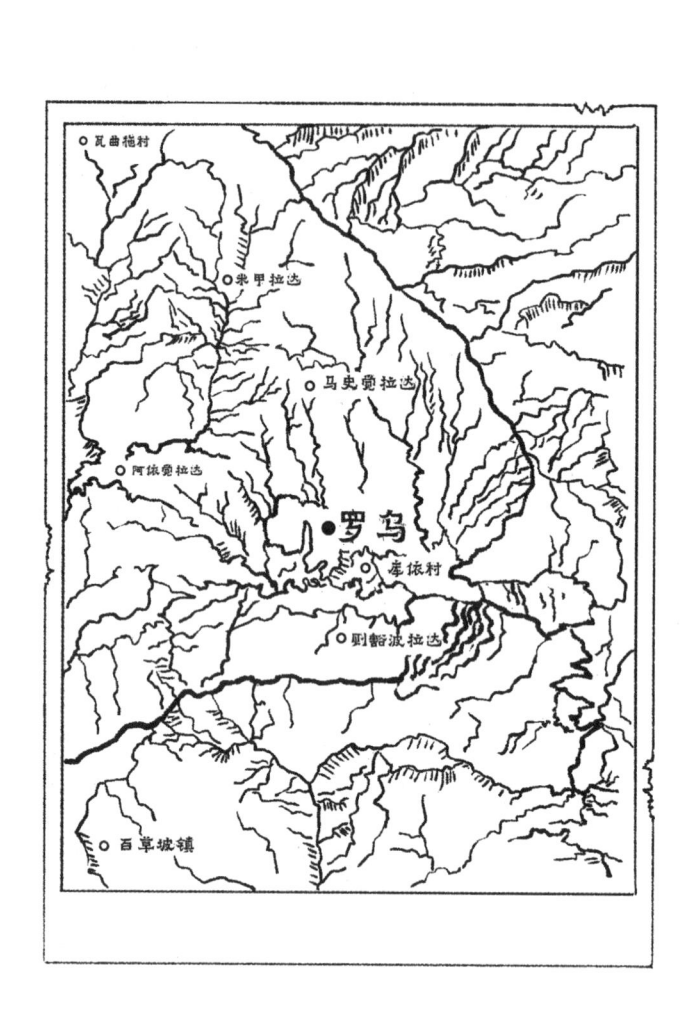

○米甲拉达

○马史觉拉达

○阿依觉拉达

●罗乌

○库依村

○驷韬波拉达

○百草坡镇

1995 年

——

罗 鸟

罗乌，位于凉山彝族自治州金阳县谷德乡①库依村，海拔两千七百米有余，没有电、没有水，仿佛世界的尽头。重重高山阻隔下，苦家二十几户人在这里与世隔绝地生活。他们结婚、生子、种地、唱歌、烤火，在最传统的彝族文化中，不知魏晋，无论有汉。但这里并不是桃花源，他们需要接受大自然的各种严酷考验，一旦远行就要做好回不来的准备，他们要依靠万物有灵的信仰和毕摩、苏尼的加持，才能抵抗住蛮荒的孤独，艰难地活着。

---

① 谷德乡于 2021 年 1 月撤销，库依村所属行政区域划归百草坡镇管辖。

瓦萨·羊皮鼓

黑夜里，猫头鹰蹲在树上，一声接一声地惨叫，六岁的苦惹作全身滚烫、满脸通红，嘴里胡言乱语地喊叫着："阿母①，拉莫来咬我了！哈呷来割我耳朵来了！"

阿母伸出手摸摸她的额头，叹口气，摇摇头又点点头："这孩子，吓得魂都丢了。"

拉莫是老虎，哈呷在这里指的是土匪。在惹作的老家罗乌，这是最可怕的两种东西。"再哭！拉莫就来把你叼走了！"或者"再哭，哈呷就来割你耳朵了！"父母几乎都这么吓过孩子。

天刚蒙蒙亮，惹作的阿达②穿上鞋，匆匆跑出家门，有个女苏尼住在几座大山之外的百草坡，在这一带鼎鼎有名，这两天刚好路过罗乌。苏尼相当于彝族人的巫师，都有着神奇的故事，这个女苏尼也不例外。

据说她十六岁的时候，不知道为什么就开始流鼻血，一盆

---

① 阿母，彝语，即妈妈。
② 阿达，彝语，即爸爸。

一盆地流,怎么都止不住。她还总是做梦,发高烧一样,手舞足蹈地叫唤,说自己在天上飞,要寻找一个木鼓槌,还滔滔不绝地念一些名字,那些名字全是死去的苏尼,有些甚至已经死了几百年——谁都不清楚,她是怎么知道的。为了给她治病,家里人杀了十九只山羊祭神,做了六场大的仪式驱鬼,但她的病还是毫无起色。直到有一天,来了个大毕摩,他用鸡蛋占了一卦,说这个女娃子被祖宗的瓦萨附身,祖宗要他转告:"如果不去做苏尼驱鬼,这个女娃子的病就永远无法痊愈。"

"瓦萨"就是"灵",对相信万物有灵的彝族人来说,祖灵的意愿不可违抗。这个十六岁的女孩从此成为苏尼,她敲着羊皮鼓,从一个村走到另一个村,治好了无数疑难杂症,救活了无数将死的病人。她的法力一天比一天高强,驱鬼越来越厉害。有些鬼被她捉住了,封存于泥坛里,掘地深埋,任人往来践踏,更多的鬼被她赶跑后,躲在山林间日夜啼哭。

惹作的父母央求她救救自己的女儿,苏尼摆弄着手里的鼓槌,俯身看了看惹作烧得通红的小脸。"小事情,"她说,"等我来。"

苏尼让阿母找来一个带盖的汤盆,往里面放入荞麦和盐,捉了只黄母鸡,她让阿母端着盆,自己敲着羊皮鼓走在队列之前,嘴里如吟似唱:

归来魂归来,

归来魂归来。

在猪滚澡处也归来,

在草原深处也归来,

在树梢鹊巢也归来,

在地下鼠洞也归来,

在崇山峻岭也归来……

女苏尼念着招魂经,从惹作的家一直走到她丢魂的地方,在那里画了个圈,拿松柏生一堆火,一众村民肃立静听:

家中美酒似玉液,

家中饭食热腾腾,

全家都在寻找你,

全家人都在等你,

等着你归来。

唱完招魂经,女苏尼大声发问:"苦惹作回来了吗?"众人齐声回答:"回来了!"苏尼闭上眼念念有词,忽然伸手一抓,像变戏法一般,指间凭空多了一只小甲虫,那就是惹作的灵魂,有着血一般的红色。在古老的咒语下,在氤氲的烟气中,那小小的甲虫像是有了某种神奇的魔力,众人栗栗不敢作声。苏尼把甲虫扔进汤盆,合上盖子,让惹作的灵魂在盐、血和粮食中得以安宁。她走到惹作面前，温柔地问她："苦惹作，你回来了吗？"

那一刻堪称奇迹，高烧不退的惹作忽然神志清醒，眼神也瞬间明亮起来。她响亮地回答："我回来了，苦惹作回来了！"然后她抬眼看看四周，慢慢软倒在阿达怀里，又昏昏沉沉地睡了过去。

这一觉直睡到天光大亮，再次醒来时，惹作完全恢复了活力。丢失又找回的灵魂，看起来已经妥帖地安放在她身上，再没有给她找过麻烦。这事很神奇，但没人大惊小怪。在罗乌，人人都相信灵魂，它可以丢失，也可以找回。几乎每个小孩都经历过类似的过程，但没人说得清原理，包括那些法力高强的毕摩和苏尼。继续追问下去，他们就会给出一个你无法反驳的回答："这个吧，因为我们是彝族人啊。"

1995 年，苦惹作出生于罗乌的一栋土屋之中，这是凉山彝族自治州金阳县谷德乡库依村的一个小组，海拔两千七百米有余，四周被库依拉达、则豁波拉达和马史觉拉达等大山重重阻隔，无论向哪个方向望去，看到的都是高山峻岭、密林深谷。在 2021 年公路修通之前，这里几乎与世隔绝。

当地人只知道一直向东南走，就会到云南的昭通。如果去成都，要走上一个多月，翻越上百座高山，涉过几十条河流。大山之中，许多地方无路可通，一代代先民用斧头和凿子，还有他们的鲜血和生命，硬生生地在山岩间劈出路来。那些路仅有一人多高，只容一人通行，山风凄楚，虎啸猿啼，仰头不见天日，俯瞰万丈深渊。到了雨季，连绵寒雨终日不绝，云气弥天，四顾茫茫。行人困于道上，既不能前，也不能后，仿佛天地间只剩自己，孤独面对冷风寒雨、雾岭云山，倘若一不留神，跌落山崖，连尸骨都无处寻觅。

过去的数百年间，人们每次远行都要做好回不来的准备，出门前甚至需要烧羊胛骨占卜，确定是"吉"兆才去。背上十双草鞋和一兜洋芋，鞋走破了就换一双，肚子饿了就烤几个洋芋。水倒不用带，山里有的是山涧溪流，而且大都清澈甘甜，当地人也不在乎什么细菌微生物，像牛羊一样把头扎进去喝就是了。这里的人都穿羊毛做的察尔瓦，既是外套，也是披风，睡觉时往身上一裹便是被褥，只要没有虎豹熊罴来骚扰，无论密林下、山岩上、深谷中，都可以像在自家床上一样酣然入眠。

罗乌有二十几户人家，每一家都姓苦，都是同一个祖宗的后裔，也就是彝人所称的"家支"。像大多数彝族村落一样，这里的人既厚道又剽悍。

厚道是对内的，这里每个人和每个人都是亲戚，晚上睡觉都不需要关门，一是没什么可偷的，二是也没人会偷。如果一家有事，无论是婚礼、葬礼，或受了外人欺负，所有人都有义务帮忙。你要报仇，那我就出刀子出命。你有困难，那我就出力气出钱。没有钱，那就给锅给碗给布匹，要不然就牵一只羊或捆一头猪来，实在不行，背一篓洋芋来也可以。

剽悍是对外的，在百草坡一带乃至整个金阳县，苦家一向以"骨头硬"著称。有一个故事大约发生在一百年前，那时战乱频仍，掳掠之事层出不穷。某天，一个云南黑彝带人过来绑走了苦家的两个"安家娃子"。这事不可容忍，惹作的一位太爷爷抄起枪就追了上去，第一枪崩掉了黑彝头上的"天菩萨"，也就是彝人拼命都要保护的那根辫子，第二枪直接射中脑袋。然而很快得知，他打死的并不是云南黑彝，而是住在另一个山头的苦家人。

两边都是苦家人，算内部纷争，这种事不需要诉诸法律，也不需要政府评判，按照惯例，由家支出面解决。虽然对方有错在先，但打死人就要偿命，于是整个家族的人都来劝这位太爷爷自杀。有很多死法可供选择：屋后的毒树叶、屋里的麻绳子……他的堂妹端来一碗泡着毒叶子的水，女人们齐声唱起哭丧歌，大意是：

你死之后，
请砍些刺枝放在路上，
以免儿孙再次走上你的路。
你死之后，
请把路挖断，
以免儿孙再次走上你的路。
请你不要带走亲人的魂，

以免未来无人祭祀。

请你不要带走牛羊的魂,

以免世上没有牛羊供奉……

惹作的这位太爷爷看看那碗毒药,从墙上取下心爱的德国毛瑟步枪,那是他用四十两烟土换来的宝贝。他把枪竖到地上,枪口对准自己的脑袋,然后直起身来看着身边的人,叔叔伯伯,兄弟姐妹,还有老婆孩子,他们都在等着他死。他静静地想了一会儿,然后用脚扣动了扳机。德国枪威力太大,一张脸都轰掉了大半,那枪声格外响亮,在山峦间久久回荡不散。

在彝区,这样的故事是传闻,也是家族力量的宣示。当苦家人淡定地讲起这些故事,其中也包含了这样的意思:是的,这就是我们,敢杀人,也敢自杀,所以我们"骨头硬",所以我们血脉高贵。在土司时代,苦家人原属黑彝,后来和白彝通婚被降了级,但依然是最高级别的白彝,拥有必须恪守的规则,以及独特的光荣与骄傲。

这个家族的历史可以追溯到1640年前后,一说是阿苦家跟随阿哲土司从贵州来到凉山,还有一说是自云南昭通,反正都是躲避战乱。"苦"来自彝文"ꀊꈐ"的音译,这两个字有译作"阿库"的,有译作"阿苦"的。1956年以后,彝人要学习汉语,他们的姓氏必须有个对应的汉字,就把名变成姓,从此有了"苦"这个姓氏。

根据苦家口口相传的历史，他们的祖先到了金阳县，又从金阳县开枝散叶，其中有个支系"阿伍吉儿"转至罗乌所在的谷德乡驻扎下来，至今已有三百多年的历史。这一程又一程的迁徙，越迁越偏远，越迁越高寒，其中一定有许多悲伤凄惨的故事，不过那些事越来越少人记得。但从流传的歌谣中，从不经意的话语中，还是可以想见这一家人和这一族人，为了保存他们的文化和生活方式，付出过多么悲壮艰辛的努力。他们翻过高山，涉过密林深谷，从虎口狼牙和风霜雨雪中开辟出道路，最后在大雁的指引下，在这人迹罕至的孤绝之处，长久地避世而居。

如果苦家有家族徽章，上面多半会有一只大雁。在彝语中，"谷德"就是"大雁常来的地方"。曾经有人不小心射杀了一只大雁，担心招来祸患，苦家专门做了一场祭祀。他们剪下羊毛，铺放在东南西北四个方位，然后杀羊献祭，还请来毕摩诵经做法。据说献祭时云天澄澈，成群的大雁翩翩飞来，在这小小的彝村上空盘旋不去，欢欣高鸣。"云际鸿雁闻，鸿雁耳轻灵"[1]，就像几百年前，祭祖占卜时，它们用翅膀和鸣声指引着苦家走过漫漫长路，最终来到这处山坳。

公路修通之前，这里是野生动物的天堂。天上飞的有大雁、鹰鹞和上百种鸟，地下跑的有老虎、豹子、黑熊和上百种兽。

---

[1] 引自《彝文〈作祭献药供牲经〉译注》，马学良著，1980年，中央民族学院科研处彝族历史文献编译组。

在当地的传说中，这里还有龙，身披鳞甲，头生犄角，一口就能吞下一头牛，常常躲在黑暗的山洞里伺机伤人。据说，惹作的一位先辈就是被龙吃了。他的家人发誓报复，把炸药绑在羊身上，把羊赶进山洞，然后引爆炸药，把那头恶龙活活炸死。

在松栎丛生的树林中，野鸡是最常见的，这东西毛色鲜亮，但智力极低，撒点荞麦粑就能把它们引来，一根马尾捕绳就能把它们捆住动弹不得。野鸡可以煮，可以炖，也可以就地拔毛放血，拢一堆松针烤着吃。几个月大的野鸡崽子又香又嫩，连盐都不用抹，自有一股鲜甜的味道。

还有野猪，1956年之前，这里的村村寨寨都有枪，可以用来打野猪。后来枪被收了，就只能挖陷阱、埋机关，逮到一头足够让全村人吃上几顿。野猪肉香、油大，微微有点腥，就是太耐嚼，牙口不好的人享用不了。但这东西聪明得很，往来几个回合就学精了，一看到人影就跑得飞快，还会破坏路上的陷阱和机关，只有在月黑风高之时才会摸回来，在洋芋田、荞麦地中肆无忌惮地大啃大嚼，人们气得跳脚，可谁都没办法。

来到谷德乡之后，又过了不知多少年，在一个雪后初晴的日子，惹作的一位先辈上山放羊，行至山环水绕之处，发现有个地方植物繁茂，大冬天还开着花，一些花朵足有碗口大小，花瓣飘落之处还藏着一眼清泉，泉水甘甜匀净，源源不竭。他惊喜地跑回村中报信，头人和长老们跟着他来勘察了一番，决定再次迁徙，让全族人围绕着这眼清泉建村而居，还给这地方取了个名字叫"罗乌",彝文写作"ꀖꀖ",当地人喜欢叫它"龙窝"。

惹作的爷爷带着儿子选了泉眼不远处的一块平地,先平整地基,用黄泥垒起土墙,拿木板和干草搭起房顶,再压上一些石头,免得屋顶被大风刮跑。不远处的山坡上有一棵红叶似火的大枫树,他们把它砍倒、锯开,用枫木板做门窗、桌椅和板凳。一切齐备之后,在屋子中央挖一个两尺见方的火塘,再用石柱垒起灶台,把枫叶枫枝丢进去点燃,屋里一下就暖和明亮了起来。惹作爷爷美美地抽完一袋兰花烟,看着灶上渐渐沸腾的煮肉锅,多半就在这样的氛围下,笑眯眯地对儿子苦友古说:"是时候给你找个婆娘了。"

几个月后,惹作阿母嫁了过来,苦友古和她并排躺到干草铺上,屋外夜黑如墨,风声忽起,女人带来的大黑狗闻声而吠。在屋内,枫叶枫枝已将燃尽,在轻轻跃动的火光下,在干草和枫木的气味中,生活正一点点地拉开帷幕。

苦友古是苦家迁到金阳后的第十九代,他身高一米八,高鼻深目,称得上仪表堂堂,几个女儿长相都随他。除此之外,苦友古的一生乏善可陈。种庄稼很一般,养牛也一般,就连最容易丰产的洋芋,他的收获也很一般。至于他的妻子,也就是惹作的阿母,是一个没有名字的女人。苦家人不记得她到底姓"龙"还是姓"苏",丈夫叫她"嗳""喂"或"嗯",孩子叫她

"阿母",外人都借她儿子指称,叫她"阿者妈妈"。而即使是这位儿子阿者,也不知道该如何描述自己的母亲。"她很老实,"阿者想了半晌,又补充了一句,"不是个聪明人。"似乎这就是母亲的全部。

这个没有名字的女人活了大约六十岁,没人记得她的出生年月和死亡日期。五十岁时,她已经生了七个孩子,三男四女,其中两个儿子早早夭折。在20世纪80年代的大凉山,儿童早夭并不罕见。活下来的独子,也就是惹作的哥哥阿者,毫无悬念地成了家里的珍宝。他在户口上的名字叫"苦曲者",意为"银子有增",相当于汉人名字中的"招财""进宝"。仅从名字的含义就可以看得出来长辈对这个男孩的期待,和四个女儿毫无意义的名字形成鲜明对比。

苦惹作在四个女儿中排行第三。出生之前,她的阿母梦到一只豹子缓缓地从山峦间走过,于是给她取了个小名叫"日洛",意思是"青色的豹子"。大名叫"惹作",意思是"再来一个男孩",类似于汉语中的"招弟"或"引弟"。但无论叫"日洛"还是"惹作",都没能给家里带来太多吉运——按当时的计划生育政策,她属于超生人口,县计生委的人翻山越岭来她家罚款,实在找不到什么值钱东西,最后只带走了一杆用了多年的秤。这像一个意味深长的玩笑,十几年后,村里的同伴还在拿这事取笑她:"别人都值金值银、值千值万,唯独你,只值一杆秤。"

17

毕摩·兹兹普乌

惹作出生的 1995 年，这个世界正式进入信息时代。那时美国总统还是比尔·克林顿，微软公司刚刚发布了 Windows 95，单份售价 210 美元，被称为"史上最疯狂也最昂贵的一次发布会"。在许多国家，互联网开始普及，并将成为人类生活中重要的部分。但对于惹作来说，这一切都过于遥远，因而并无意义。在 1995 年的罗乌，人们的生活和世纪初并没有太大分别，没有电，没有自来水，很少有人用得起卫生纸，几乎没有人穿内裤。村民大都一贫如洗。他们在溪谷树林中开荒耕种，在多石而瘠薄的土地上收获荞麦和洋芋，在悬崖峭壁上、在蛇虫出没的密林中采挖天麻和当归，回家后洗净晒干，再翻山越岭背到镇上卖掉，用换来的钱买回急需的火柴和盐巴。

死亡随时随地都会发生，死于山洪，死于悬崖，最轻微的疾病都可能致命。这里的人大多没有求医的习惯，不舒服那就睡一觉，睡一觉还不好那就喝两碗热水，喝了热水还不好那就去请毕摩，如果连毕摩都治不好，那就是天意如此。事实上，这里只有一种病，就是受到了鬼魂邪灵的侵扰，至于肺炎、肝炎、心脏病或癌症这些名称，在罗乌统统不存在。

山谷林中，毒蛇和野兽随时出没，惹作的一位堂叔走路时被一条色彩艳丽的蛇咬了腿，他骑着马去镇上的卫生所，赶到时天已经黑透。卫生所的赤脚医生喝多了酒，醉得连路都走不稳，翻箱倒柜也没找到半点药物，最后只往伤口上洒了点酒精，包了层纱布，说这就是他能做的全部了。惹作的堂叔挣扎着挤上开往县城的班车，走进医院时，一条腿已经肿得有两条腿那么粗，把皮肤都撑薄了，亮晶晶的，下面的血管和肌肉清晰可见，就像穿了一条肥皂泡裤子。不过，"阿普瓦萨！"多亏祖灵保佑，他最终保住了一条命。

还有库依村一位叫阿呷的人，到罗乌这边山头砍柴时，惊动了一条又粗又长的蛇，那条蛇直直地冲进他的嘴里，怎么都拽不出来，他就这么活活地憋死了。等到家人发现时，他已经死了两天，满脸青黑之色，嘴巴大张着，那条蛇小半在里面，大半在外面，蛇血和唾液混合在一起，染红了旁边的青草。

一直到惹作出嫁之前，所谓的"罗乌"，其实只是二十几栋散乱的土坯房。惹作的家位于中央，分为两层。楼下是牲口住的，猪、牛或羊，里面堆着干草，还有放种子的旧木箱，任何时候走进去，都能闻到暖烘烘的、混合了干草和粪便的味道。楼上是人住的区域，没有楼梯，贴墙有一根斜立着的大木头,上面用刀砍出一些小坑,全家人就踩着这些小坑上上下下。睡觉的时候,他们不需要床或者被褥铺盖枕头,抱来一堆干草铺在地上,衣服也不脱,躺下就可以睡——甚至都不需要躺下,把察尔瓦往头上一蒙,随便找面墙或找根柱子靠着,外面是风声雨声,屋内是人的鼾声梦呓,楼下的牲畜咀嚼反刍,等虱子和跳蚤吃饱喝足消停下来,一样可以睡得香甜。

少女时代的惹作最喜欢夏天,可以撒丫子四处乱跑,树丛中还有鲜红的树莓等甘甜的浆果。最讨厌的是冬天,整个世界都变成一座冰窟,外面寒冷难耐,屋里也不暖和,备再多柴火都不够。惹作的手脚年年生冻疮,住在寒湿地带的人对此并不陌生:先是手背上、脚趾上,皮肉冻成樱红色,接着开始钻心地疼,疼过了是钻心地痒,等挠得皮开肉绽,继续钻心地疼。每年都会有几个超冷的日子,风雪交加,天地晦暗,路上到处是坚冰冷雪,连羊都站不稳。就在惹作出生后不久,一个放羊的老人在不远处的茅屋中活活冻死,还有他的那几只羊,厮挨着挤在一起,羊毛像是用强力胶粘住了一样,撕都撕不开。

惹作从小就开始参加各种祭祀和法事,用干部们的话说,就是"做迷信"。四岁那年,她的一个姑姑上山砍柴,不知怎么触犯了邪灵,回家后就开始发高烧,全身长满红点,一天到晚哭号不停。她的家人请来一个大毕摩,诵经卜卦之后,说她触犯的邪灵是一个死去多年的小伙子。他骑着白马,背着弓箭,本来是迎亲的,但不知道被谁害了命。小伙子心有不甘,魂灵骑马背弓,日夜在林谷间徘徊,要是有活人冲犯了他,就会遭到报复。

为了给这位姑姑治病,家里杀了四只山羊、四头猪和八只鸡来献祭,请来多位大毕摩和苏尼,先后做了四场盛大的法事。然后"祖灵保佑",姑姑的病才慢慢好转。

那时的惹作只有水桶高,她牵着阿母的手站在人群中间,听着毕摩苏尼喃喃吟诵咒语经文,看着慢慢飘散的氤氲烟气,每当有鬼被捉住,或者有灵魂被召回,人们就会发出敬畏佩服的赞叹之声。

幼年的惹作未必理解这些事的意义,但她一定也会感受到这些神秘法事和古老仪式与自己的联系。和所有虔诚的彝人一样,惹作无条件地顺服于毕摩和苏尼,她无数次听过也说过这样的话:

"苏尼能和鬼魂对话,毕摩能和神灵对话。"

"最厉害的大毕摩往地上吐口口水,就能杀死一个人,甚至消灭一支军队。"

在彝族地区,毕摩不仅仅是祭司,也是彝族人当中最有文化的人,他的权威不亚于当地的最高统治者土司。几乎每个彝族人都知道那个故事:

从前有一个兹莫，也就是汉语中称呼的土司，是当地最有权势的统治者。彝族有句谚语"当兹莫出现时，毕摩不必起身"，没有人敢不尊敬毕摩。许是忌恨这句话，那个兹莫让毕摩到他家里念经，毕摩只是在生火的时候开了句玩笑，说兹莫还没有早上这一炉火温暖，兹莫就借机大怒，命令手下把这位毕摩投入熊熊的火焰。当毕摩快被烧死时，兹莫大声问道："现在你温暖了吗？"毕摩微微一笑："对，我温暖了，我的家支和亲戚也都温暖了。"当毕摩被活活烧死之后，当地出现了各种异象，四里八乡都惊了，他的家支点起火把集合起来，击败了兹莫，并且烧掉了他的房子，让他也"温暖"了。[①]

惹作的一位姑父就是位毕摩，他会经常过来为苦家作毕。但因为他住在金阳县的另一边，路程遥远，所以有时苦家也会请来另一位库依村的大毕摩。毕摩是父子世袭制，毕摩家里原本想把衣钵传给大儿子，偏偏大儿子对这个职业完全不感兴趣，只好将希望寄托在小儿子身上。好在小儿子聪慧过人，过目不忘，于是父亲经常带着他在身边学习。小儿子聪慧之余勤奋用功，很快就对祖上传下来的三十六卷经书倒背如流，哪些法事用什么种类的神枝，用多少数量，哪些法事用什么样的牲畜，

---

① 引自《彝族原始宗教调查报告》，马学良、于锦绣、范惠娟著，1993年，中国社会科学出版社。

需要多少,所有步骤都了然于心。十三岁他就成为毕摩学徒中最有名的一个,十五岁能够独立完成赎魂仪式,成年之后就能深度参与"尼木措毕"这种最艰深的道场,周围的人都直接尊称他为"大毕摩"。

这位大毕摩四十多岁年纪,长得特别精神,身披察尔瓦走路的样子都带风,银质神笠下的眼神总是坚毅而冷峻,肩膀上背着一个神签筒,行囊里装着法铃和经书,牵着一匹银灰色的骏马。苦家的人也在私底下耳语:"只有他那样的气势,才会让四面八方的邪祟闻风丧胆。"

二十几年前,大毕摩还没成年,去金阳县的一户黑彝家做驱鬼仪式,因为年轻,被这家人轻视,倒酒都只倒半杯。毕摩一句话也没说,掏出自己的鹰爪酒杯,连续喝了一斤酒,气色不改地做了两天法事。第三天晚上毕摩睡着了,看见主人家的床后站着一个忧伤的年轻人,脸上有个很深的伤口。醒来之后他问这家人,你们家可有一个如此这般的死者吗?主人家当时就震惊了:"有过,是我的亲弟弟,1949年以前参加家支械斗,被人一刀砍到脸上,死了。"

法事做到第九天,这家的鬼终于不见了。毕摩又做了一个梦,看见男主人的爸爸扛了一根木头在房梁上走。醒了之后他拿出公猪的胛骨占卜,对主人说,你们孩子的病好了,但你爸爸会出事,要特别小心防范。果然,孩子痊愈没多久,主人的父亲就因为意外死去。自此以后,大毕摩在十里八乡声名大噪。

苦惹作姑姑痊愈前的那次仪式上，惹作也能看到其他人家赶紧用火塘里的灰在门槛那里画一条线，用以辟邪。毕摩念着驱鬼经，用尽"哄、骂、赶、咒"各种方式，做完之后说了一句："它被赶走之后，又会去哪家呢？让我看看，这是一家六口，其中男主人属虎，女主人属蛇，大儿子属猪……"

村里确实有这样一户人家，没过几天，这家属蛇的女主人果然一病不起。

夏夜晴朗，孩子们仰躺在家门口看星星，惹作又开始追问关于毕摩的问题，长辈们一一回应着，旁边的哥哥也会一边用手拍打多如牛毛的蚊虫，一边用手指给她看："这颗星星是大爷爷变的，那颗星星是四爷爷变的——只是要特别小心，老人们说用手指星星，它就会掉下来。"

这样的夜晚往往也是给孩子们讲鬼故事的时候："世界上的鬼啊，形形色色。有一种小得像婴儿，还有一种长得像狗，大耳朵，头上长只角，骑在一只狗上，看到了赶紧躲，不然会四肢无力而死。有一个女鬼，叫阿几拉内，据说在十七岁的时候，失足落水，淹死之后变成鬼，如果大晚上看见一个漂亮女孩骑着一只鸭子，也要躲远一些，被它迷住了，就会得疟疾。还有一个鬼就更神奇了，它会幻化成一个圆滚滚的桶，一旦被它追上，性命不保，就连毕摩看到了都要躲。最凶的鬼就是那些堕胎流产的婴儿，他们不像老人家可以送去祖灵地，怨气最大……"

恐怕彝族的孩子都是因为这样的夜晚，从小就种下了关于鬼魂和神灵的信仰。

每当有人死去，整个家族的人都会聚集在一起举行隆重的葬礼。在彝族人的生活中，葬礼是大事，受重视的程度无以复加。家族的人们从四面八方赶来，从西昌、雷波，甚至远在天边的成都。他们牵着牛，背着油、粮食和苞谷酒，沿着金沙江，走过百草坡岩壁上的危险栈道，风尘仆仆地来到罗乌。

对小孩子来说，葬礼并不悲伤，反而让人期待，仿佛盛大的节日。

款待亲人的宴席上有吃不完的坨坨肉：火烧过的猪肉用大锅煮熟，切成拳头那么大，一坨坨放在脸盆里，吃的时候直接用手抓，在盐和辣椒混合而成的调料中蘸一下，连皮带肉一口下去，能吃得嘴角流油。这样的坨坨肉就是彝族人的顶级盛宴，承载了款待客人的全部情意。惹作隔一阵儿就去拿块肉，不蘸调料直接吃，更能体会到肉质的鲜美。她能一直吃到肚皮撑圆，阿达在这种时候并不那么悲痛，还会笑眯眯地再往她手里塞一块儿。

人们吃饱了坨坨肉，苞谷酒也喝完几桶，就该开始火葬仪式了。惹作家向东大约两百米，有一座小山丘，那里是罗乌的坟山。毕摩指明了死者应葬在何处，男人们抬着死者的遗体走到坟山之下,安放到松柏枝搭成的葬床上,点上火,看着蒸腾的火焰把死者烧成灰烬,骨灰就地掩埋,不设墓碑,也不留任何文字——这是漂泊千年的彝族人所独有的葬仪,没有先人的故庐,也不立祖宗的坟茔,只为了在下一次迁徙时,可以无牵无挂地离开。

女人和孩子不被允许参与火葬仪式,只能离得远远的。惹作一定也曾感到好奇,但最终也理解并接受。阿母时常会捧出一杯酒,或者拿出一些食物来敬给灵牌。惹作像世世代代的彝族人一样,会从这些传承的行为中了解到,那些死去的亲人与祖先并没有真的死去,他们一直都在,以一种虚无缥缈的方式,在山林中、庭院内、火塘边,时时关心照拂着整个家族。

作为后辈,他们的责任就是牢牢记住每一个先人的名字。惹作的爷爷还在世的时候,常常会把苦曲者、苦只体、苦七金等一众孙辈召集到一起,让他们蹲在地上背诵苦家的二十代家谱,阿母也会要求孩子们记住母系的先人,背不出来就会被打手板。阿达说过:"汉人是靠货物吃饭,诺苏人是靠亲戚吃饭。"诺苏人,就是凉山彝族人的自称。阿母也会说:"杉树无舅父,杉板任人砍,竹子无舅父,竹梢任人弯。"所以记住每一位舅舅和叔叔的名字是重要的,也是彝人的安身立命之本。不过,和这里的许多事一样,背诵家谱也是男性的特权。对惹作这样的小女孩来说,背不背都无所谓,记不记得住舅舅的名字也无所谓,女人嘛,总归是要嫁出去的,就像没有舅父的杉树和竹子,本来就是任人砍、任人折的。

到该上学的年纪，惹作已经参加过很多场葬礼，这些葬礼也是潜移默化的死亡教育。像大多数彝族孩子一样，对于死亡她会害怕，但并不特别畏惧。有一次在葬礼上，一位喝得醉醺醺的长辈捉住好几个跑来要坨坨肉的孩子，轮番问："小娃儿，你晓不晓得人死了啥子意思？"只有惹作满脸通红，一句话都没说，挣脱了那位长辈就跑开了，连坨坨肉都忘了要。其实，她和其他小孩子一样，都知道答案：一个人死了，就表示他再也不会回来吃坨坨肉，而活着的人可以想吃多少就吃多少。至于死去的人的去向，一定是兹兹普乌。

毕摩和长辈都说，兹兹普乌是一个阳光灿烂、土地肥沃的地方，就像歌里唱的，兹兹普乌的溪流中有鱼，山崖上有蜜，房前屋后的杂草都能结出稻谷和麦粒：

坝上好种稻，

坡上好撒荞，

坪上好放牧，

山上好打猎……

更重要的是，每一位逝去的亲人都在那里，阿达、阿母、爷爷、奶奶、外公、外婆……他们生活在那个温暖又富足的地方，等着与后辈团聚。

在那个时候，惹作一定很向往兹兹普乌。她家里有许多祖宗的灵牌，竹子做的，上面用彝文刻着先人的名字，阿达和爷爷时常对着这些灵牌念念有词，有时显得十分悲伤。惹作对此很不理解，不知道人死了有什么可惋惜的，因为很明显，兹兹普乌比罗乌可好得太多了。

察尔瓦·生育魂

乡政府设置的小学孤零零地位于村外，一栋结构结实的砖混房子，白墙平顶，隔成两间，墙根向上半人高的方位被溅起的泥迹染成黄褐色。如今小学早已废弃十年有余，窗户没有玻璃，门也缺了半扇，教室里的墙上写满了歪歪扭扭的字：爱我中华……团结友爱……读书要努力……角落靠近屋顶的地方不知被谁画上了一个小人儿，戴着高帽子，长脸长须，看起来应该是位毕摩在做法事。这座荒废的水泥房子是2008年在原址改建的加固版，最初的校舍与村民的房子差不多，都是土筑的瓦板房。

那时候，来支教的男老师是汉人，教语文也教数学，皮肤比村民白皙太多，嗓音洪亮。小孩子围观了半天之后，听闻老师说要大家每天都来上学，便一哄而散。

支教老师拿起喇叭，呜里哇啦让小孩子们去上学，得不到响应，只能捏根赶羊鞭子，挨家挨户把孩子们一个个抓到学校。因为要帮家里干活，还要照顾最小的妹妹，苦惹作一天学也没有上。大哥苦曲者读到小学三年级退学，后来惋惜地说："日洛最聪明,她才是应该读书的那一个。"

惹作每天出去背水都要路过小学,经常偷偷地趴在窗外看。黑板上的符号是她一辈子都不会了解的东西,她也不知道教室后面写得大大的"团结友爱"是什么意思。上音乐课的时候,她会悄无声息地多驻足一会儿。惹作长大后放羊哼唱的调调,可能就是那时候学的。

惹作真正的老师,是阿母。

彝族女人的日常只有两件事:劳作和生育。生育有年龄限制,而劳作没有,从生到死,永无休止。一般来说,男人负责耕地、盖房子、宰杀牲畜等力气活儿,女人负责纺线织布、做饭洗碗、缝衣刺绣、洗衣晾晒等更多琐碎工作。男人收割谷物后,女人负责捆扎背回家。男女一起喂养牛和马,女人喂猪鸡鸭鹅。照顾老人、养育小孩的主力也是女人。辛苦的劳作会迅速败坏女人的健康,即使是年轻女孩,常年背负重物也会对脖子和关节造成一定的伤害。

惹作的阿母寡言少语,性格坚忍,累了痛了都不会说出来。除了要种地、照顾小孩和牲畜、做饭喂饱所有人,阿母还要制作出全家人需要的帽、衣、裤、袜,终年下来,手脚没有停歇的时刻。

种荞麦的季节,天还没亮,阿母就得下地干活,惹作在家带最小的妹妹,兼顾放羊。阿母对惹作说,你去放羊的时候,就把孩子抱到田地里给我。堂姐来叫惹作上山放羊,惹作抱着妹妹去找阿母——此时，天空落下豆大的雨点，荞麦地里泥浆翻滚，阿母的背上是一筐远超过她身高的草，但她弓着腰，站在田间，踩着湿滑的土，在雨里坚定地伸开手臂。"把孩子给我。"阿母说。她总是对任何困难都照单全收。

有一年，罗乌有人结婚，苦友古穿了一件纯黑的察尔瓦去参加婚礼。他个子本来就高，穿上察尔瓦越发显得气度不凡，赢得满堂喝彩。这当然是阿母的手艺——她用了整张羊皮，加上整整三年时间才缝制出这件奢侈的道具，给男人挣到了面子。像大部分劳作的彝族女人一样，阿母的双手青筋突起，关节肿大，皮肤皲裂，再加上长年做针线活儿，手指密布针眼。她也会反复将一件厚长的百褶裙缝来补去，辅之以挑、绣、镶等技法进行装饰。阿母个子很小，但在正式场合，穿起她自己做的那套传统服装时，整个房间都会亮起来。

阿母常常忙碌到深夜，油灯芯发出烧焦的味道，地上的泥尘里铺着一层死去的蠓虫。阿达故意抗议："灯光晃到我眼睛了。"他这么说，其实是想让她早点睡觉。惹作从未看到过阿母和阿达之间有什么恩爱的表现，夫妻同时出现在公共场合，往往要表现得如同陌生人：不主动交谈，也不会看向对方，更别说主动搭手，肩并肩干活。阿母做家务的时候，阿达也基本不会主动施以援手。他们之间一辈子都没有说过"ꀀꆀꆈꃶ"，在彝族人世界里的，这句"阿呢黑乌"也就是汉语的"我喜欢你"如此罕见,就好像表达爱比得了狐臭还可怕。[①] 偶尔吵了架,夫妻不说话,阿达会让孩子做传声筒:"惹作,你问问阿者妈妈,汤勺放哪里了?"

沉重的劳作,经年累月的暴晒,阿母脖子上的肌肉过于紧张,关节长年受损,背篓也压得她弯腰驼背,中年以后连脚步都不怎么灵活了。只是这种模样和其他上了年龄的妇女一样,在罗乌稀松平常。

即使怀孕,阿母也得不到什么特别的照顾。有时候她会慢吞吞停下来,捶一下背,然后接着干活。孕期的伙食和平日里并无不同,依旧一天只吃两顿。用开水煮些酸菜,再加几片野菜,就是一餐。家里的盐弥足珍贵,不轻易使用。主食是荞麦,把面粉揉成粑粑,颗粒粗糙,味道苦涩,吃上一个能沉甸甸地压在胃里,抵抗大半天的饥饿。

生孩子就在家里,从来没有人去医院生产。大多数孕妇直到孩子出生前还在地里干活,阵痛来袭羊水破出,回家躺下分娩一摊血肉的事情也不是没有过。

生产的过程中,男人和小孩子照例都不允许在场。惹作的堂姐苦几则小时候有过偷看的经历:房间里帮忙接生的妇女表情轻松,看上去若无其事,地上产妇哀号不已,压抑而痛苦,最后在尖叫声中,触目惊心的鲜血和臭烘烘的婴儿一起喷涌而出。

[①] 凉山彝族视狐臭为可怕的疾病之一,是影响婚姻的重要因素。

阿母头胎生了一个女儿；接连是两个儿子，然而都夭折了。那段时间心急如焚的苦友古去请了大毕摩来为妻子招生育魂。大毕摩对苦友古说，惹作阿母把自己的首饰送给别人，附在上面的生育魂也跟着离开，不愿意回到她身上了。

大毕摩找来杉树、马桑树等六种树作为材料，在院子里用树枝做成三扇门，分别代表黑色的门、黑白相间的门和白色的门。在房子中间也插上一些树枝，用白针白线穿过，搭建起一条白色的路。毕摩让他们准备好黄母鸡、白山羊等物品，先是拎起一只黄色的母鸡念着经，引导生育魂穿过白色的、洗去污秽的门，走那条白色的路。此时需要有人帮忙用小的木盆接上水，放在大盆里面，敲打外沿，直到黄母鸡和白山羊开始发抖。"支日非日，"苦友古的姑姑在一旁呼唤着生育魂的名字，"你要高高兴兴地来，请你留下来吧，苦家的人会好好地对你，敬重你，供你以美食……"

杀了羊祭魂安魂，又把母鸡作为牺牲，食用好鸡肉之后，用小刀刮净鸡股骨之凹面，苦友古把细竹签随机插在血孔之上，毕摩将两根股骨排成内外，代表阴阳："腿骨的外侧有四个孔，生育魂留下来了！"

那之后不久，他们果然就有了儿子苦曲者。

彝族人认为儿子应该至少有两个，对于传宗接代会比较保险一点。苦友古夫妻在毕摩的指引下，连续三年杀羊献祭，祈求生育魂留下，阿母却再也没能生出儿子来。1995年，阿母又生下了三女儿惹作,五十岁那年生下小女儿之后才不再生育。

阿母从来没有坐过月子,罗乌也没有女人坐过月子。苦曲者依稀记得,母亲生完孩子就包上头巾煮饭的情景。每次生完孩子,阿母就马上投入到数不清的日常劳作之中。干上整天的活儿后回到家,先喂马、牛、猪,然后用石磨磨荞麦粉做晚饭。此外还要定时把盐喂给家里的牲畜,让它们的皮毛不长寄生虫。给母牛接生,温柔地鼓励它——她所给出去的,都是自己从未得到过的待遇。

从惹作懂事开始,阿母瘦小的身影就是她的坐标和依靠。不放羊的时候,惹作总是跟在阿母身后帮忙干活。"日洛,你踩着阿母的裙子啦,"阿母心疼地叫她,"日洛,你去烤个洋芋吃吧。"惹作把洋芋扔进火塘,烤熟了剥皮吃。阿母教惹作吃一些野菜来"打牙祭",有的野菜味道鲜美,有的野菜则容易出问题。比如荞麦叶子,吃多了以后会刺激肠胃,引起腹泻,甚至还会有人感觉皮肤麻麻的,整个人天旋地转,难受得像要死去。十五岁那年,阿母有天参加完别人家的婚礼,从兜里掏出个布包,解开之后递给惹作一块糖,她一吃进去马上就吐出来。"天哪!"惹作幸福到喊了出来。罗乌的孩子都有过类似的体验:没人舍得一次性把一颗糖吃完。

罗乌没有小卖部或者供销社,每隔十几天,附近的高峰中心村会有集市。货郎像吉卜赛人一样游走于地图都不标识的地方,马车里挂着色彩艳丽的衣服,骡子上驮着各种稀奇的玩意儿——会发出响动的糖果,油渍渍的动物饼干,绿色的气泡饮料。从罗乌到高峰中心村需要翻越七八座小山丘,花费一两个小时的时间。货郎偶尔也会背着沉重的背篓来到罗乌,孩子们三五成群地跑过来围观。看着惹作和妹妹期盼的眼神,阿母微微一笑,从布兜里掏出几根天麻,换来两个橘子。

天麻是阿母辛苦挖的,算是她仅有的一点"私房钱"。橘子金灿灿、沉甸甸的,惹作舍不得吃,一直放在窗台上,时间太久,最后风干了。

绵羊上山·羊胛骨

村里有个和惹作一起放过羊的男孩，有天出去放羊，越走越远，回来路上天降暴雨，就被山洪冲走，死掉了。阿母担心惹作，总是叮嘱她不要去太远的地方。惹作最常去的那片草场，离家一小时开外。日久天长，人行羊踏，沿途被踩出一条若隐若现的小径。

人们并不总在同一片草场放牧，需要随季节迁移。气候寒冷、草木干枯时，需要把羊群转移到矮山避寒；夏季烈日暴晒、气温升高时，则要将羊群赶到阴凉处避暑。进入秋冬时节，草场经常会雾气弥漫，羊群聚精会神吃草，容易看不清路。如果不把这些羊看好，它们就会从山崖上掉下去。羊的天敌也多，惹作叔叔家的羊群就遇到过野生熊猫，据说它们并没有城里人想象得那样"憨态可掬"，动作很快、力大无穷，转眼就能拖走四五只羊。而且羊的胆子很小，听到一些响动就会害怕得躲起来，直到晚上都不出来，甚至有可能在山野间躲上两三天。

广袤的百草坡是金阳县传统的高山牧场，水土生态保持得非常好,有茂密的原始森林和灌木,漫山遍野、种类繁多的植物,窸窸窣窣在草丛里跃动的野生动物。村里的女孩子们往往会结伴去草场,放羊的间歇玩一种打石子的游戏,规则是以石子击中远处的目标为准。玩累了就采摘莓果当作零食,莓果有不同种类,深红色的最甜,粉色的有点酸涩,小孩子乌黑的手掌经常被果子的汁液染得花花绿绿。

草场常常能碰到野生动物,好在并没有太多危险。一天傍晚,惹作在小山坡上打了个盹,突然感受到有什么在咻咻地喘气,蓦地惊醒,对方也吓得跳开跑掉。从黑暗中判断身形,应该是一头找水喝的野鹿。

每年五月的绵羊上山节,八月中旬的绵羊下山节,以及一年三次的剪羊毛节,惹作都是表现得最积极的一个。无论是上山还是下山的节日,清早太阳尚未升起,惹作就会怀揣洋芋早早冲出家门,喊着:"绵羊上山了!"或者"绵羊下山了!"人们按照毕摩事先占卜确定好的方位,赶着羊群上山。晚上放羊归来,家家户户都要杀猪宰羊,庆祝节日。

所有的家畜中,惹作最喜欢的就是羊,尤其是一只小黑羊。因为意外受伤,小黑羊远看上去只有一个犄角,实际上是一大一小,极好辨认。小黑羊喜欢和惹作玩跳羊游戏,它远远地伏下头冲过来,惹作待它临近的最后一刻跳开来,或者从它身上跨过去。如果惹作摔倒,小黑羊还会停下来等她爬起来。

年末,小黑羊被拉去给毕摩献祭,泪汪汪地回头看着惹作,惹作抱住它直掉眼泪，直到大人告诉她，小羊的灵魂也可以去到祖灵圣地兹兹普乌，她才放开了手。

在罗乌，差不多所有的小孩都要帮家里放羊。只有惹作的一个堂哥除外，堂哥叫苦只体，比她大个几岁，不像这片土地上的人那么安分守己，从小喜欢研究鼓捣稀奇古怪的玩意儿。有次他把自己制作的土炸药放在锅里，下面点上火，跑到不远处观察，火药爆炸，他嘴里大叫："成功了！"不料炸药威力超出他的设想，锅子飞到几米外，一堆石头也轰隆而至。这次危险的试验最终让他的左脚留下了残疾。

还有次他不知道央求哪个货郎，捎来一个黑色的木盒子，那石头一样的东西竟然传出来好听的音乐。小孩们兴奋不已，天天跑到他身边听歌。苦家的孩子就是从那时候知道了彝族歌手"奥杰阿格"的名字，有段时间人人都会哼唱几句："唔吔哎——带我到山顶，唔吔哎——美丽的村庄，唔吔哎——妈妈的眼泪……就在那个山顶，听听来自天堂的声音。"

罗乌的小孩把这些歌当作外语来学，这些歌词也算他们最早学会的几句普通话。苦只体说那个盒子叫作"收音机"，他一有空就守在它面前，比看守羊群都要认真，从早到晚，如痴如醉。大人们都说他那是丢了魂，但是苦只体很固执，绝不允许家里人为他喊魂。

罗乌隶属于谷德乡库依村，向东直线距离约十公里便是金沙江，险峻的沙玛莫伙波（狮子山）纵向分开金阳县，谷德乡便在山的东坡之上。根据2013年的《金阳县志》，谷德乡共601户、2 529人，其中600户、2 526人是彝族。山川阻隔，交通不便，大多数人没有离开过乡土，也没有和彝族之外的群体共同生活的经验。未知的远方是危险的，诺苏之外的人也是危险的。关于外界的荒诞不经的传说当然很多：外面到处都是人贩子，出去的诺苏人会被拐走炼成人油……

当地人经常会讲一个故事：

很多年以前，有个诺苏人生平第一次去县城，经过一家饭店，看到老板热情地招呼他坐下，他以为像他所在的高山一样，属于一种对路过的人的热情邀约，便坐下来狼吞虎咽地吃了两碗饭，一边看着老板招呼其他客人，心里还在想：城里的人真热情！

他吃饱喝足准备离开，特意去和老板打个招呼，结果老板伸出手掌，和他呜里哇啦说着什么，他听不懂汉语，以为是在请他跳舞——他很疑惑，这还没有到天黑，大家也没喝酒，就开始跳舞助兴了？于是他笑嘻嘻地谢拒：下次跳，下次跳。结果老板拦住了他，不但不让他走，还愤怒地把他揍了一顿。他回到家，逢人就说："外面去不得啊去不得，县城真是个奇怪的地方，吃饭不跳舞，就得挨顿揍！"

这个类似于民间笑话的传说，在各地都有不同的版本，应该有所依据，当然也不无添油加醋乃至以讹传讹。罗乌人自然明白，那个去县城的人是因为吃饭没付钱才挨的打，究其缘由是语言不通与习俗差异造成的误会。罗乌人走得最远的，是一位1960年代出生的苦家男人，读书有成，最终去到金阳县城农业局工作。这个特例已经是罗乌人对于远大前程的极限想象。

收音机里播放的外部世界充满了诱惑，却再也不能让苦只体满足。2001年，他丢下一句"想出去看看"，带了打火石、一把旧手电筒，和那台收音机一起消失得无影无踪。苦只体的突然出走，自然是大事件，苦家赶紧去请了毕摩占卦，询问他的去向。

毕摩盘腿坐在火塘边，家人取来一个剔干净肉、洗得干干净净的羊胛骨。毕摩左手拿着羊骨，右手揉艾草直到有了黏性，将两小枚粘在羊胛骨上，点燃艾草，念念有词：

> 善羊髀骨，小羊牌骨。
> 上随云行，云语尔智，日随日行……
> 无所不知，无所不明。
> 今有某事，有疑不决。
> 汝其有智，请即告之：
> 何者为吉，何者为凶，请现于骨……

艾草烧尽，毕摩查看骨上被烧焦的黑斑，以及周围显现的裂纹，摇着头："羊骨上面横纹的右端上翘，竖纹的上端向里偏，这个卦像是典型的'凶'兆。这个孩子不会回来了。"

苦只体自此音讯全无，再没有回来过。从此，那些峭壁上的泥路和急弯，云端下方若有若无的小径指向的远方，似乎更意味着不可知的危险和惊惧。

十岁那年，惹作终于有机会去镇上赶集。一路沿着土路往前走，迎接她的是越来越多的房子和喧闹的街道。阿达刚刚把马拴在路边，一个庞大的铁皮怪物嘶吼着从身旁驶过，那是惹作生平第一次看到汽车——后来知道，那是一辆乡镇大巴，可以从洛觉镇开往雷波县。"走不走，走不走？雷波，雷波！"售票员从窗口探出脑袋大声吆喝，随后大巴便又嗖一下开走了，屁股放出黑色的烟。惹作问大哥苦曲者："它跑这么快，是不是像牛一样吃很多草？"

一起赶集的几个女孩子走进一家店铺，惹作的堂妹相中了店铺里的一块布料，她从背篓里掏出天麻，和卖布的孃孃商量："以前有人来跟我们收过，这些至少值得了二十块钱，你把这块布给我，我把天麻换给你。"孃孃态度十分和蔼，但还是拒绝了她易物的请求。

2008年，十三岁的苦惹作和妹妹骑马去了金阳县。在县城，她看到了太多平生第一次见的新鲜东西。比如，第一次看到电视机：一个方方正正的盒子，摆在小卖部的窗口，正在播放北

京奥运会。她从拥挤的人缝里看到闪烁的屏幕,听到了那首颇为煽情的主题曲:

>我和你,心连心,
>
>同住地球村……

太阳落山,惹作盯着闪亮的路灯和明晃晃的招牌,恋恋不舍。阿达说该回去了,便让惹作和妹妹骑着马,自己步行,开始返程。父女三人一直走到深夜,阿达破烂的手电筒也没电了,人困马乏,只能在荒无人烟的山坳里过夜。巨大的山影和天空融成一色,整条银河跨过头顶,马儿吃着草,妹妹睡觉了。累了一天的阿达终于可以解下羊毛绑腿,躺在草坪上,给睁大双眼的惹作讲神神怪怪的故事。一觉醒来天光大亮,便又开始赶路。

多年以后,惹作不止一次把那个晚上转述给别人听:这一天的"奇遇",电视机上的"地球村",它们奇妙地联系在一起。也许对于那些远在北京的歌者来说,地球很小,就像一个村落;然而对苦惹作而言,地球这个村落未免太大——从罗乌到金阳县城,地图上的直线距离只有短短二十二公里,却需要翻山越岭,走上一天一夜。她甚至不会知道,地球是圆的。

威噶咯·初潮

　　山中不觉岁月长，童年时光倏忽而过。进入青春期的苦惹作个子蹿得很快，妈妈和姐姐的旧衣服都不合身了——或许是受到阿达苦友古基因的影响，苦惹作十五岁时就长到了一米六五，如同火塘里溅出来的火星，变成了罗乌最引人注目的美丽姑娘。

　　苦家人面相都很好看。无论是大姐苦曲日、大哥苦曲者还是二姐苦史日，都有挺拔的山峰鼻，刀削一般的线条，眼睛狭长犹如狐狸，眉飞入鬓。头发是自来卷，一簇簇闪着光泽，仿佛黑亮的羊毛。和惹作年龄最相近的苦史日有一张弧度恰好的瓜子脸，下巴有点尖，嘴唇纤薄，嘴角弧度朝上，眼神纯真得像白色的荞麦花。她的长相，放到城市里，就是近年来时尚界最流行的"高级脸"，稍微化化妆做做造型，足可以登上时尚杂志封面。然而在亲友的眼里，她的美丽还不及惹作的一半。

　　有首旧日的歌谣，描述了彝族人心目中理想的美女形象：

发泽黑黝黝，头帕如鹰翅。

睫毛闪霍霍，目睛饱溜溜。

牙齿白琅琅，小舌巧如簧。

鼻梁丰隆隆，两颐朵而美。

手臂直而柔，腿部肥硕硕。

乳头如包金，腰细多袅娜。

头顶丰而秀，体材俊且长。

衣服缘边好，红裙丽如雉。

公子为揭幕，少年环为睹。

这首歌谣就像是描述在罗乌的苦惹作：她有和苦史日一样漂亮的眼睛，和苦曲者一样俊俏的鼻子，人人都说她美，但是奇怪的是这些被触动过的人没有一个描述得清她的模样。如果拿在山坡上放羊的美丽少女和她比较，那些人又会摇摇头，就好像他们既找不出合适的词语，又把她变成了一种标准。

恐怕一生当中的绝大部分时间，惹作都没有机会感受到自己的美。为了方便干活，这里的女孩子也没有办法那么讲究，惹作平常也穿得很随意，打着补丁的衣服也穿，脚上就套着一双胶鞋，因为胶鞋防滑又好走路。惹作最喜欢的牛仔裤是姐姐苦曲日淘汰给她的，因为个子太高，裤腿明显短了半截。出去做客穿的一双球鞋，也是姐姐给的。彝族女孩都会和母亲学习缝纫，这是必备的功课。苦惹作给自己缝了一条裙子，腰身收得很细,用很多的流苏去点缀,她的手艺已经很接近阿母了。每当她穿上这条裙子,总会吸引很多目光注视。罗乌的自然风景仿佛世外桃源一般,罗乌的惹作仿佛仙女一样,可是在与世隔绝的凉山,绝美的风景和女孩都不为人知,也不自知。

并非没有人关注到惹作的美丽。某次参加家支的婚礼,一个外乡过来的长辈拉着她的手连连夸赞:"这孩子长得太精致了!"长辈年轻时是十里八乡出了名的风流倜傥的美男子,已经颤巍巍走不动路了,说话的时候总有泪水沁出眼眶。堂姐说他曾经为了一个女人射杀过八头野猪和两只豹子,见惯美丽女性的他,用夸张的语言感叹:"惹作的彩礼,起码得是一担银子才行啊。"

收完荞麦,仓廪丰实,雪花开始落下来的时候,家里为十五岁的惹作举行隆重的"威噶咯"——换裙仪式,也就是彝族女孩的成人礼。成人礼是女孩子的大事,更是家里的大事。举办成人礼其实就是告知乡里,家里的女孩已经长大,可以谈婚论嫁,适合做亲的人家可以托媒人来上门提亲了。

村里的成年女性都会出席成人礼,女孩需要她们的经验教导。惹作在姑姑的指导下开始自己梳妆,阿母给她取下耳线,再轻柔地把银耳坠穿进耳洞,小女孩的单辫被解开分成两股,编成双辫,红绳牵着发尾绕过头再盘上一圈,包上成年人的头帕。惹作脱去儿童的两截裙,换上了成年人的三截拖地长裙。

村里的嬢嬢开始哼唱：

妈妈的女儿哦，换掉童裙后，
再不是家里人……
勿要上楼去，勿要下地劳作去，
远方的新郎才是你的归宿。
你要嫁到远方去了，
爸爸妈妈以后不能照顾你了……

雪落在高原上，火塘的火光照得惹作的瞳孔亮闪闪的，换下童裙梳好双辫，意味着她从此可以谈婚论嫁了。按照传统，堂哥背起惹作踏出家门，把她象征性地嫁给门前的一棵树，以此来庇护惹作未来真正的婚姻。

"新娘子！"三岁的小堂妹口齿不清地指着惹作。

阿母的眼圈红了，或许每个母亲都要经历同样的时刻：站在那里看着自己"长大成人"的女儿，一口口喝干杯中酒。像大部分过于操劳的彝族女性，她脸上布满细纹，就好像她走过的路、犁过的地都体现在了脸上似的。喜悦的眼泪流在脸上，多半也只是无声无息地消融在条条沟壑中。

彝族女孩都是在月经初潮之后不久举行成人礼，惹作也不例外。她是在十五岁左右迎接了自己的"第一次"，阿母最多也只能教给她如何使用布条。没有人会对一个青春期的少女进行生理期的卫生教育，安抚她这一切都是人类的自然现象。和许许多多的同龄少女一样，她一定也曾感到惊慌和困惑。

她一开始多半会觉得麻烦：每个月要盘算着攒下烂衣物布条，等着特殊时期垫在内裤上，有时候还会出现液体从大腿两侧流下来的不便。女性的月经、裙子在传统观念中竟然是种禁忌——沾染了经血的妇女之裙似乎带有不祥的信息，如果拿来诅咒人，会是奇耻大辱；妇女裙子布条挂在田间，就足以使人绕道而行。老人们说早年间如果遇到村口挂有女裙，则表明此处有瘟疫流行。毕摩也会告诉那些梦见过死人亲属、心神不安的人，把女裙布条挂置于大门处，可抵挡恶鬼。

办完成人礼，对将要到来的婚姻生活有了更多的期待，但并不会有更多的了解，来自家庭的性教育付之阙如。放羊或者野外玩耍时，难免遇到蛇或者狗在交尾，大人们总是露出一副嫌弃甚至惊恐的样子。小孩子懵懵懂懂，不知道具体情况，也会因此把那当作"不吉利"的事件。

村里的妇女们闲聊，当然也会偶尔提到男女八卦。譬如山洞遇到幽会的男女，会被视为不洁的事情。看到的人不能声张，不能捉奸，还得悄悄拾一块石头，压在目击之处——那对幽会男女就会不利，而看到的人才可以转祸为福。甚至还需要为此举行毕摩仪式，进行驱魔活动。不懂事的小孩子倘若好奇去观看，一定会被及时发现的大人一阵怒骂。

在那个年代的许多黑彝眼里，"处女膜"并没有那么珍贵，青春期男女偷吃禁果的也不算少，但是罗乌依旧保持着一种非常强悍的保守倾向。

惹作父母曾经见识过有人殉情自杀。男女两个拥抱在一起，双双坠崖，十天半月之后方才寻到尸体，已经被秃鹫野兽啄食大半。他们并未因此惨状获得父母的原谅——虽然他们已经死去，但是不听从父母安排的婚姻，已经令家族蒙羞。

大姐苦曲日出嫁得早，那时惹作还很小，印象不深。随后，年纪稍长的姑娘们陆续出嫁，她也参加过几次哭嫁，惹作总是能和家里的孃孃婶婶哭作一团。她慢慢明白，"婚姻"就意味着离开亲人去远方。那些年轻的新嫁娘，脸上还带着没来得及擦干的泪水，就像被割走的荞麦，消失在路的尽头，只剩下萦绕不绝的马蹄声，嗒嗒嗒，嗒嗒嗒。

时间已经来到了 2010 年，外部的世界还在加速变化着。美国电影《阿凡达》开始使用 3D 技术，电影银幕上的人物仿佛触手可及。上海举办了世博会，有七千多万人涌入这个城市，去见证科技给人类带来的各种奇迹。这一年的苦惹作依然猫着身子，在太阳底下滚烫的地里，用锄头把成熟的洋芋一个个挖出来，洗干净堆在二楼。在她的生活里，洋芋的烹饪方式，不外乎火烧或水煮。她没见过可能也没想到过汉语叫作"土豆压泥器"的东西，摆在宜家的货架上，可以把洋芋压成泥——其实只是一种没什么科技含量的发明。

和高山上的所有人一样，惹作过着具体而卑微的日子，她没去过比县城更远的地方,没见过现代文明的人潮汹涌。罗乌的女人们,生于群山之中,也将死于群山之中。除了神明,不知道该敬畏什么;除了鬼魂,也不知道该忧惧什么。

骨头·订婚酒

惹作成人礼的那天，嫁去雷波县瓦岗的堂姐苦几则回娘家省亲，也过来帮忙。看到惹作出落得这么漂亮，她立即想到了丈夫的堂哥苏甲哈。"两个人都这么好看哪，太般配了。"她喜滋滋地和丈夫提起这件事。

苏家，彝文写作"ꌦ"，发音是"苏兹"，意思是"管人的人"。两家的通婚要从四五百年之前说起。苏家和苦家那时候相隔一座狮子山，它的彝语名字"沙玛莫伙波"，意思是沙玛土司屯兵和召集兵的山，"但凡土司召集兵员到山顶不按期到都要受罚"。

谙熟苏家历史的苏史古说，苏家和苦家开亲还有一段渊源。苦家一直仰慕苏家的名声，三番五次表达通婚的意愿。但是对于"根骨很硬"的苏家来说，为了保证血脉的纯正，在此之前只和特定范围的黑彝，或者白彝中顶级的阶层通婚。

按理说，苦家和苏家等级一样，都是白彝的最高阶层。但是苏家根据历史上的某些细节，认定自己的家族要比苦家根骨更好一些。

虽然两家都隶属于土司，但是沙玛土司客居在苏家的土地上，苏家对土司没有任何的责任和义务。仅仅在土司打冤家或者受到外来者抢掠的时候，需要自备枪弹人马在土司的带领下参战。

而在沙玛土司管辖之下的其他家支，除了一般的纳税上贡，还要履行一些"特殊"的义务。比如，下属的黑彝马家，在土司家结婚的时候有去接亲的义务；黑彝吾塞和侯姆两家，在土司祭祀的时候，有报神之名讳的责任。苦家也如此，在沙玛土司嫁女儿的时候，必须得出一个陪嫁丫鬟，这是苦家必须履行的义务。苏家认为这是两家之间不可忽略的差别，因此从未开亲。

后来有天，苏家第四代祖先去昭觉的日哈乡参加骑马比赛。苦家下属的一个白彝阿紫上前说："英雄，你这匹马看上去威武雄壮，可不可以借给我骑一下？"骑了两圈以后，阿紫就把苏家的马骑跑了，苏家老祖左等右等不见人，召集了人马准备杀到苦家大干一仗。

抵达苦家时，发现他们非但没有喊打喊杀，反而在杀鸡杀羊又杀牛，这在彝族是最高礼遇。阿紫的主子诚恳致辞："对不起了，这是阿紫的主意，但如果不是这样，你们怎么会过来和我们一起喝酒？"

两家人就坐下来，痛痛快快喝了一晚上。八个大汉最后喝下三十三坛水酒，盛坨坨肉的盆也换了十三茬。喝到二麻二麻，苦家头人举起杯,提议和苏家结成儿女亲家:"你的女儿和我的儿子结成亲家吧。"

第二天酒醒,苏家老祖就反悔了,把自己的顾虑说了出来:"你们家和我们家有点不对等,你家对土司有一定责任和义务,我们家可是没有的,你把这个责任免了我才能答应你。"没想到苦家马上和沙玛土司汇报,想和苏家结亲,他们家提出了这个要求要怎么办。土司当即免除了苦家的义务,从此以后苦家不用再出陪嫁丫鬟。

如此一来,两家级别算是扯平,苦家应该配得上苏家了。但是直到两家通婚的时候,苏家老祖还是有点不乐意,又不得不履行承诺,就把家族中一个姑娘嫁给了苦家。据说这个女人说不出话,智力也不如其他人,但女人嫁过去之后为苦家生下两个男孩。

到了苏家第五代,因为四只鸭子,苏家和马尔洪村的黑彝布色打冤家,苏家被杀了四人,对方死了六人。那两个苦家的男孩听说舅舅家被人欺负,跳起来发誓说:"我们必须得给他们撑腰!"苦家纠集三四百号人,加入苏家共同作战,还因此死了七个人。苏家上下大为感动,认为苦家不仅有血性,武力也很强,值得亲上加亲。两家人又坐在一起酣畅淋漓地喝酒,再次喝得二麻二麻,一晚上就缔结了三四十桩婚姻。从那以后,两家世代通婚,血脉相融。

彝族各姓之间的关系,爱恨交织。如果爱,就亲上加亲,一代又一代通婚交好；如果恨，就以血还血，成为世代寻仇的冤家。直到今天，苏家和苦家就算有矛盾，但双方通婚历史过于悠久，血浓于水，最后总能言归于好。

1985年，苏家第二十二代中有个姑娘嫁去了金阳县，她的堂弟苏尔哈偶尔背着苞谷去那边看望堂姐。有一回，他甫一落座，堂姐家里就生火、磨刀，以杀猪这种隆重的方式来款待他。直到坐下来喝酒吃饭，才发现杀了两头猪。他好奇地问："待客一头猪就足够了，为什么要多杀一头？"站在旁边的苦家亲戚就笑了笑："你不是刚生了个女儿吗？预定给我家做媳妇吧！"

像这样两家家长随口就定下来的婚姻，比比皆是。细数起来，两家可谓盘根错节，息息相关，亲上加亲自然是再好不过的事情。惹作的堂姐苦几则嫁给了苏家第二十三代的苏取且，苦几则对叔叔苦友古极力夸赞丈夫的堂哥苏甲哈："勤劳能干，骨头也好，两个人很般配。"

苦家第二十代苦惹作即将迎来人生当中的首次提亲，对象是来自苏家的第二十三代苏甲哈。这桩婚姻，也是苏苦两家无数次联姻中的最新一次。

两家人在媒人苦几则家房子里会面，在燃起的火塘前互相问候，苏取且不断往干柴里添加苞谷芯，火焰蹿将起来，干柴中夹杂着的竹枝，仿佛鞭炮般噼啪作响。

惹作和甲哈坐得远，中间隔着惹作的父母、哥哥和甲哈的妈妈。室内光线黯淡，两个年轻人看不清对方的长相，因为没有机会交谈，脾气、秉性、性格、爱好更是无从了解。惹作除了知道"甲哈"这个名字大致意思就是希望无病无灾，对其他信息一无所知。开始是闲聊。甲哈妈妈讲起今年种了七八亩苞谷，收获颇丰。苦友古则惋惜去年大雪封山，十只羊从悬崖上掉了下去，损失了一大笔钱。他还提到自己用陷阱捉到一头野猪，伸出三根手指比量着野猪脂肪的厚度。

双方父母交换了一些基本的情况：家里几口人多少地，几头牛几只羊，是否欠别人的钱……不过这些物质条件并非最重要的因素，没有麻风病、狐臭等恶疾，才是可以放心结亲的前提。

"他家可以种苞谷，当时觉得条件挺合适，"苦曲者说，"终于可以不用再拿洋芋和人换苞谷了。"因为海拔太高，罗乌无法种植苞谷，只能种植荞麦和洋芋作为主食。

那个下午，酒杯转了无数转，从苦友古手上转给苦几则，又从苦几则手上转给甲哈的妈妈，肚子里灌满苞谷酒之后，两家长辈谈好了婚事，皆大欢喜。

很快，甲哈和妈妈、苦几则夫妇带着苞谷酒和彩礼去了罗乌。苦家杀了一头猪，前来帮忙的堂弟举起从猪身上掏出来的胆和胰，呈给在场的人看，高声说："是吉兆！"

惹作换上了干净的百褶裙，假装在屋前的马路上踱步，一起放羊的姐妹们一定不会放过取笑惹作的机会，虽然她们自己也只是半大的孩子。惹作拿起火钳作势打过去，把她们赶走后，想到院子里帮忙，四处都是人，根本插不上手——整个罗乌的苦家亲属都来帮忙了，杀猪煮肉，准备餐具。惹作忙着把羊赶入圈里，多半是为了掩饰羞赧。

甲哈妈妈掏出两千五百块现金，一张张清点完毕交给媒人苦几则，苦几则再把钱放在盘子里，双手托起递给苦友古。苦友古接过钱后，又请苦几则再当场清点一遍，这是一半的彩礼钱。苦惹作也是第一次见到这么大一笔现金。上完彩礼，两家人举起了手中的苞谷酒。惹作的阿母牙齿没有从前整齐了，但她也豁着牙，多干了几杯。

那是段交叉叙述中带有混乱的回忆。苦几则所记得的，只有惹作的一个堂叔到她家，和甲哈的妈妈喝了酒，拿了点钱，就简简单单把婚事定下来了。看来只有喝酒这部分是确凿无疑的，也是唯一重要的。这杯酒意味着这对青年男女的婚姻大事已成定局。当地歌谣有云：

  山上的树那么多，没砍之前没主人。
  天下坝子那么多，未开垦前无主人。
  人间姑娘千千万，未喝酒前无婆家。
  杀猪宰羊喝酒后，从此有了婆家人。

两个陌生男女就这样缔结了终身大事，如果写成歌曲，甚至不如惹作喜欢唱的那首《阿依阿芝》长。堂弟苦七金记得惹作的歌声很特别——彝族人天生擅长音律，她喜欢对着空旷的山坳唱歌，嗓音里有着山的宽阔。

那首歌唱的是苦命的彝族女子阿依阿芝，出嫁之后想回娘家，勤勤恳恳地干活，却受尽欺凌，饭都吃不饱。公婆、丈夫都不同意她回娘家探亲，她忍受不了，翻山越岭想逃回娘家，不料在路上遇到老虎。等到娘家人找来时，阿芝已经被老虎吃掉，只剩下一条乌黑的辫子。

在这绵延无尽的大山之间，那些不识字的彝族女性把这个悲伤的故事一代代传唱了下来，倾诉着远离家乡、被迫切断与母亲之间联系的悲伤。她们在这样的歌声中出生长大、嫁人生子，忍受着永难摆脱的贫穷、侮辱和虐待，然后在火塘边把这首歌教给自己的妹妹和女儿，再唱着这首歌把她们送去远方。

定亲之后没多久，惹作的阿母突然在山上晕过去，也不知道是中了什么邪祟，在床上躺了几天以后，开始高声和她过世的阿母交谈。在她的呓语中，家人似乎都看到了那个忧伤的亡灵就坐在那里，拿着一块荞粑，想要堵住下颚的一个洞，却有止不住的泪水从洞里汩汩流出。

家里人急忙去请大毕摩算卦。回来之后，苦友古让惹作准备好一只黑山羊。第二天，全家人都早早起床，忐忑不安地等着大毕摩在吉时前来。

毕摩盘腿坐下来扎着草鬼，念念有词："毕摩要来招魂了，用结实的苦荞麦，飘香的黑荞麦、燕麦和小麦……用安宁河谷的糯米、水草，汉区的盐，马边的银子……来招魂。"无论魂在何处，都要速速归来："魂在草丛里，在河水里，在原野山崖中，在喜鹊巢和熊窝里，在女人织布、砍柴、汲水之所，在东南西北所有的方位……都要速速归来。"

他反复咏叹，像在念诗，又像在唱词，像在和神对话，也像在和那奄奄一息的生者交流。

苦友古拿起木勺，舀了点清水，把烧红的石头放进去，将冒着蒸汽的木勺逆时针绕妻子一圈，再把邪祟附体的木勺放到毕摩旁边，用黑山羊在病人头上逆时针绕一圈，就把木勺里的水倒在门口。随后毕摩找来一个年轻小伙，夹出一块火炭放入草把，在门口升起火烟，这是在向天上传递信息，"骑着灰白公獐，乘着花红锦鸡"，请求山神帮忙。

惹作的阿达把妻子扶到房子中间坐好。毕摩念了一阵经文，将黑山羊抱起来在惹作阿母的头上转九圈，并在她身上擦拭一圈，再让病人对着牲畜的口呵气数次。然后把羊杀死献祭。这样就可以把病灾转挪，以羊的灵魂抵消。

此时烧过的火炭和羊的血都汇合在了毕摩面前。毕摩在木板上画下鬼图和符咒，一边念经，一边把木板往外面扔——朝外，就表示那只捣乱的鬼已走了。如果没有朝外，要继续念下去，哪怕到天亮，直到把鬼送走为止。

惹作的阿母并未完全清醒过来，折腾了一天之后，又开始在床上翻来滚去，头发散落在前额，关节咯咯作响，嘴里念念有词，仿佛此刻她过世的亲人正一一来到房间探望她。"阿母！"她喊着，"阿达！"她试图伸出手臂去触摸幻觉中来接她的亲人。"玛尔火布，克尔龙博，你黑呢，尼哦托指，额黑呢，额哦托指！"她看见白天的太阳，也看见晚上的月亮，她在召唤大家看，"在你头上，在我头上！"

毕摩的仪式整整进行了五个小时，屋子里已经坐满了人，观望、担忧、茫然。在人群中观望的苦曲者老婆尖叫一声，像是被什么神秘的力量击中，也陷入了谵妄，扭来扭去，胡言乱语。大家吓得呆住了，还是惹作清醒过来去扶起嫂子。惹作的姑姑摇着头，"直儿莎库阿瓦"，感叹着运道怎么会这么差，抹起了眼泪。

惹作阿达呆呆地站立着，直到毕摩收拾好准备起身离去，才匆匆从兜里掏出十块钱，讷讷地说："只凑到十块钱，对不起了……"毕摩没收钱，用手把惹作端来的荞麦酒挡了回去："有啥子关系嘛！"毕摩摇着头，建议用一只阉鸡在苦曲者老婆的身上擦三圈，放在家里的竹灵之下，祈祷祖灵保佑。休息几天再来找毕摩占卜，或者是翻过五座山，他用手一指："洛觉镇那边有个罗家的大毕摩，更加擅长治这个。"

惹作阿母是第二天凌晨时分走的，惹作做了酸菜汤，刚端上来，还没来得及吹凉。

哭嫁·分家饭

一盆盆清水泼洒到空中，漫天交织，仿佛大雨降临。阳光在水幕上闪着七彩颜色，连接成彩虹。那水幕持续不断，彩虹也一直闪烁，这瞬间的灿烂竟好像永远都不会消失。彩虹之下，清水接连不断落在了年轻男子的头上、肩膀上、背上……远来的男人们四下奔逃，试图躲开四处泼来的水。村里的狗在他们的脚下钻来钻去，打乱他们的脚步。看热闹的小孩拍手叫好，眼睛笑成了一条线。"来了，来了，新娘子来了！"姑娘们叽叽喳喳，手上可不闲着，几十盆水就泼了出去。

苦惹作当天穿一套蓝色的婚服，稍一动作，挂在胸前的银饰就会发出叮叮当当的声音。衣服是惹作姑姑花了整整一个星期赶制出来的，而她身上闪闪发亮的饰品——从头顶高耸的头饰，到有长长流苏的耳饰，再到胸前背后沉重的挂饰，整套下来，光耗费的银子就有十来斤。举办这样一场盛大的婚礼，全家几乎倾尽所有。

按照习俗，来接亲的是伴郎团而非新郎本人。临近新娘家门口的时候，受到的第一轮"款待"，就是一大群年轻姑娘泼来的一盆盆清水。为了沾沾婚礼的喜气，附近村寨的姑娘们特意赶过来，把凡是可以用来装水的工具都盛上水，放置于屋檐、路边、院坝、村寨路口等方便作战的地方。

姑娘们像狩猎一样耐心等待，务必一个都不放过。村里的孩子给姑娘们做后勤，有的拿水盆，有的拿水桶，供姑娘们一盆盆泼过去。清水能驱魔除邪，送走妖魔，带来幸福。泼水入地，也是预祝好姐妹惹作嫁到夫家后，无须到很远的地方背水。

打头阵的几个伴郎穿着事先准备好的瓦拉——毛织披风——冲阵，他们冒着倾盆大水把姑娘们放在屋檐下的水倒掉，希望牺牲自己，可以成全后面的伙伴尽快跑进屋里接亲。他们躲避着泼来的水，向惹作的阿达苦友古求饶，祈求他能让姑娘们暂停一下，以便顺利地进屋休息。

在这种喜庆的场合，谁都知道这种求饶是无用功。惹作站在一块石头上，指挥着姑娘们的行动："后面还有一个，躲在那树下没过来，你们别放过了！"她表现得过于活跃了，如果不是舅妈让她注意形象，看样子她恨不得冲出去自己泼水。

即使迎亲的客人们跑进屋，也不能免于水的洗礼。"来的都是客。"姑娘们咯咯笑着，把一盆又一盆的水泼到客人身上，直到他们从头到脚都湿透了。毕竟是冬天，迎亲团队哆嗦得像一群落汤鸡。惹作姑妈拿出早就准备好的察尔瓦，给浑身打湿的伴郎团换上。

这是惹作以"姑娘"的身份在罗乌的最后一天。火塘里的火焰在房间通宵不灭，火星子欢快地飞舞着，亲人们涌进房间给惹作送上祝福。不擅长饮酒的苦惹作端起酒杯，一个一个地敬过去，堂伯、堂叔、堂哥、堂嫂。她也会听到这辈子最多的叮嘱：去到别人家，好好孝敬公婆；听从丈夫的话，帮他一起打理好家庭；多生几个儿子，日子兴旺发达……

子夜时分，苦家的婶婶来帮惹作重新梳头，穿婚服。这位女性长辈必须属相和惹作相生，生养众多，子女勤劳能干。在其他女性亲属的帮助下，她依次给惹作戴上耳环、头饰、挂饰，罩上有着复杂装饰的盖头，盖头上插着野鸡的羽毛，用以辟邪。

结婚是彝族女性最重要的大事，婚礼吉服的穿搭有严格规定，层层叠叠，繁复庄重。按照习俗，上身穿三件新衣，下面着四件彩裙。贴身是裹衣，然后穿白色的长袖衬衫，衬衫长到脚踝，宽衣窄袖，胸襟、项背、袖口镶贴红色的花边。外穿短袖罩衣。身上的罩衣左边开全叉，系上九个彝族风格的纯银纽扣，另一边开叉两指多的长度，不系纽扣。衣服上以各种刺绣技巧——包针绣、压针绣、挑花绣、打籽绣、堆绣、锁绣等——绣满各种精致图案，绵羊角、波浪、彩虹。下身则是全羊毛的百褶裙，裙的下端黑白相间，配合上身的蓝黑二色，素净端庄，褶皱四散开来的时候像一朵喇叭花，轻盈飘逸。

梳妆完毕，惹作被拥至房前的果树下坐着，寓意她在将来的婚姻生活中，能像果树那样开花结果，多子多福。姑姑、婶婶、堂姐妹早早铺好毯子,惹作跪坐在上面。堂弟端来食物,惹作吃一口米饭、一口肉、一点鸡蛋,倒一杯酒敬祖先神灵,以示女儿出嫁了,来去平安,将来婚姻幸福美满。这是一碗心酸的"分家饭",女儿从此出门成了别人家的人。毕摩为家里做仪式,惹作都不能再算作其中的一分子,算是和娘家彻底划清界限。

喝分家酒的树下,女性亲属和村里的阿妈们唱起了哭嫁歌——《妈妈的女儿》。这首流传已久的歌曲,以一个出嫁女孩的口吻,唱出了彝族女性对不幸命运的哭诉:家庭条件艰苦,自小穿着烂童裙和破毡褂,生活中只有放牧牛羊、割荞捡荞穗,而婚姻又不能自主,成为家支维护血统和对外交往的工具。

穷了就卖女儿吃,
女儿身价也不抵用的吧?
叔伯父兄们呀,
女儿的血已换成酒喝,
肉已换肉吃尽了,
骨头换钱用了。

不轻易表现感情的彝族女人,总会在哭嫁歌的这个环节涕泪横流、悲痛欲绝,她们哭行将远嫁的年轻新娘,哭自己多舛的流离命运。《妈妈的女儿》对彝族传统观念中的重男轻女现象也有直接的控诉:"哥是家内人,妹是家外人。哥哥好比存留钱,妹妹像是零花钱。"

> 不要有林中"咕思"鸟,
> 鸟鸣思断肠,
> 但愿天下人中,
> 不要再有女儿了,
> 嫁女多伤心啊,
> 女儿想在婆家死,
> 又怕死后哥哥赔进命,
> 女儿想在娘家死,
> 又怕父母钱财赔进去,
> 女儿想在荒野死,
> 又怕虎狼撕扯女儿尸,
> 女儿怎么办?[①]

哭嫁歌在离家前夜和送亲的路上都会唱,善哭者绵延数十里,哭声不绝。嫁而哭,哭而嫁,代代相传,家家如是。在娘家把一切的忧愁痛苦用泪水冲刷掉,哭得越凶越悲切,娘家人心里越觉得安慰。新娘哭得越伤心,婚后的生活就越好。惹作

[①] 引自《凉山彝族礼俗》,王昌富著,1994年,四川民族出版社。

的哭声一起，女人们也开始哭，嘴里的唱词开始含糊。年龄稍长的婶婶们触景生情，哭得差点晕过去。

按照习俗，喝分家酒和把新娘送走的场合，父母都不出现。苦友古披着一件厚实的察尔瓦，面无表情坐在屋里，喝了整晚的荞麦酒。那天他喝酒仰脖的姿势如同一头眺望山谷的老山羊，有种绳子都拉不住的倔强。

这里无论男女老少皆饮酒，酒量也好，不到一斤白酒，绝不会暂停。他们大多喝两种酒："Hd"和"HO"，音译"支日"和"支曲"。"支日"就是把荞麦拿来蒸煮发酵，酿成的一坛坛荞麦酒。偶尔会有人从半高山的瓦岗带回来苞谷面，做成"支曲"，也就是苞谷酒。若有客人来家，决计少不了酒，在这里，判断一家女人是否能干的标准之一就是会不会酿酒。

婚宴和葬礼就是彝族人最丰盛的酒局，主人家倾家荡产都要让客人喝到尽兴，喝到酒酣耳热，唱歌起舞。伴郎进门钉下的马桩上，等得太久的骏马打着响鼻，马蹄刨起泥土。凌晨的时候，手腕上缠着一截红丝带的伴郎把惹作轻而易举地背起来，放在了马背上。

大雁·天生桥

罗乌苦家的女儿惹作骑着一匹灰色的母马，在送亲队伍的簇拥下向瓦岗进发。一路上她必须翻过二十七座山梁，穿过一片又一片的松林，常常能听到金钱豹和野猪在密林中咆哮吼叫，也有鸣声清脆的蓝色画眉轻快地从眼前飞过。惹作一路都在哭，悲悲切切。

走过日常放羊的百草坡，一群大雁高飞低回，高山湖泊响彻阵阵雁鸣。"为什么会有这么多大雁？"骑在马背上的惹作问。

那正是大雁组成雁阵北飞的季节，小雁的翅膀还未试过长途飞行，母雁总在这个时候狠心催促，让它们加入高空中的雁群。一个不情愿离开母亲，一个狠心用翅膀去赶，赶走没多久，小雁又飞回来，母雁再赶走，双方几次拉扯，反复纠缠，直到它们真正成行，去实现它们的成年之旅。每年皆会如此。

看到过这种场景的人都会为之动容。阿母辞世不久，惹作还没有从那悲痛中恢复过来，更容易触景生情。惹作的阿达也如此，彝族人几乎不会因为丧偶而在人前表现出悲伤。苦友古那段时间喝得很多，酒精可以让他逃避妻子已经离开的现实，他甚至一早起来就抱着荞麦酒的瓶子，偶尔抬起血红的眼睛回应一下子女的关切，身上的察尔瓦满是污黑的油垢，委顿不堪。

在野草和松林的清香中，小路随时消失在深不可测的地方，黑暗中的送亲队伍只能抓住马尾巴依次前行。为了节约马的脚力，送亲队伍需要不时停下来。休息的时候，哥哥苦曲者拿出一块小毛毡，让惹作坐在上面。

男人们四处搜罗枯叶和树枝，生起火堆，然后围火蹲坐。苦曲者的布包里有出发前就准备好的荞粑，他掏出来分给众人——按照习俗，此后一直到夫家，新娘都不能吃东西，双脚也都不可以沾地。

惹作摸出随身携带的口弦，那是阿母留给她的遗赠。手指轻拨簧片，嘴唇控制气息，口弦的声音悠扬婉转，就像溪流蜿蜒，淙淙作响。成百上千年以来，深山的人们心情无处倾诉，就会倾注在这小小的乐器上，说给山崖、树林和云朵。

"停下！"

也不知走过了多少险路和犬牙交错的山崖，领路的伴郎突然喊住了送亲队伍，他说接下来必须绕道走，因为前面就是"天生桥"。

多年以前住在河左岸的一位小伙子，娶了个河右岸的姑娘，接亲路过天生桥，马突然受惊，新娘从马背上跌落到桥下。接亲和送亲的人慌忙下河施救，奇怪的是，新娘明明安然从容地端坐在桥下。可不一会儿，如花似玉的新娘就变成一堆白骨。接亲和送亲的人被吓得惊恐万状，四处逃散。人们说这里有一个叫作"鲁阿朱"的鬼在作祟。从此以后，无论是新娘第一次到夫家还是新生了小孩，都不能过天生桥，必须绕道而行。直到今天，也是这样的规矩。

惹作继续骑上马，一路沿着阿沙阿洛、洛火阿姑、拉祖再到瓦曲拖，需要穿过落石高发区域、风暴的藏身之处和黑暗的沼泽，绕过了天生桥，又穿过了被称为"死亡陷阱"的两个山谷。① 直到筋疲力尽之时，有人指了一下远处，眼前的云霭被吹散开一道缝隙，可以看见对面山坳中成片的房子，在阳光照射下熠熠生辉。

那就是他们要前往的"瓦岗"，彝文写作"ꀉꇗ"，发音是"瓦嘎"，意为"穿过悬崖的路"，还有一个意思是"美丽的地方"。

---

① 阿沙阿洛和洛火阿姑两处地名，在地图上尚无标识，由翻过这条路线的苏史古提供。

○马尔洪村

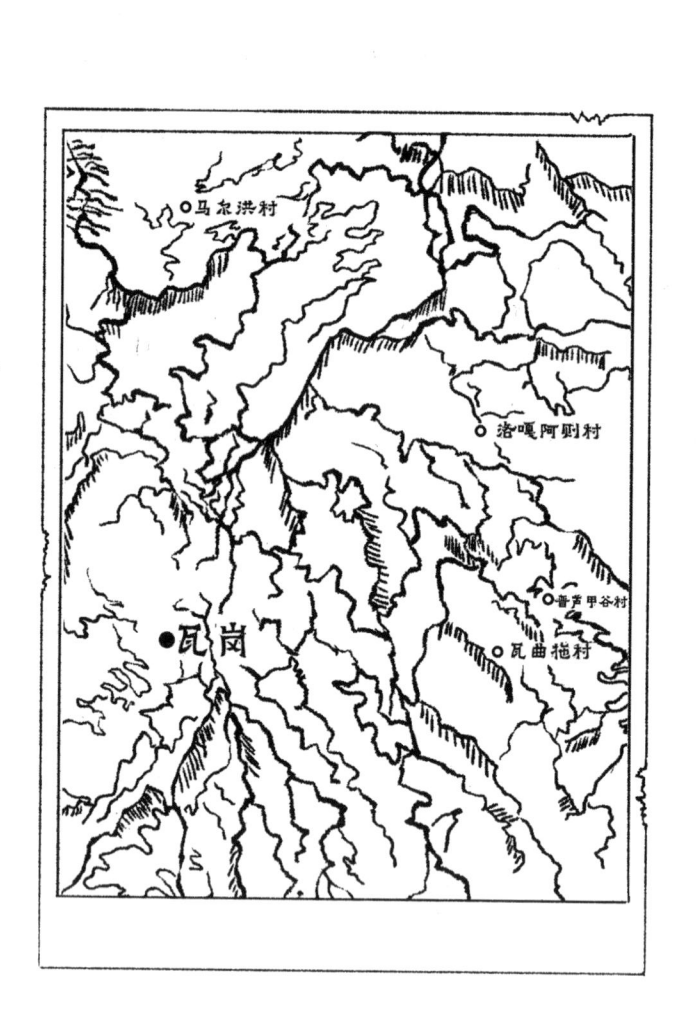

○洛嘎阿别村

○普声甲谷村
○瓦曲拖村

●瓦岗

2010 年

———

瓦 岗

瓦岗镇，位于凉山彝族自治州雷波县，海拔一千三百二十九米。一群面孔黧黑的人世世代代生活在这里，他们种植洋芋和苞谷，用歌声驱散飞鸟和野猪。他们攀上悬崖采掘草药、蘑菇和野果，在火塘旁歌唱、幽会，或者立下神圣的誓约。当外面的世界天翻地覆，他们依旧生活在古老的传统中，他们崇拜山川大地的各种神灵，笃信毕摩文化，和牛羊交换灵魂来治疗病痛，常常参与残酷血腥的家族战争。一个不够强悍勇猛的生命在这样的高山密林里，根本无法生存。这里人人都知道那句话：男人活过三十岁是种耻辱。

坨坨肉·莫且格且

在瓦岗人的记忆里，2010年冬天异常寒冷。北方袭来的冷空气久久不散，山脚下的平地仿佛冻僵的冰床。房前屋后的柴堆上布满了积雪，苞谷地里光秃秃的，秸秆收割后留下的根须有铁器的质感。羊圈里的小羊晚上冻死了，摸上去皮毛还是湿软的，身体却像硬邦邦的石头。人们从外面回到家，进门前先得跺跺脚，希望可以把寒气从裤腿上抖掉。

迎接新妇，苏家大摆筵席，宰杀了一只羊、三头猪，若干只鸡，这是吃坨坨肉的好日子。茶缸里盛满的苞谷酒，转了十来轮，喝光了再满上。

抵达夫家之后，新娘还不可以进入房子，而是在屋前树枝搭建的小房子里铺块毯子，惹作会坐在里面重新梳头，把头盖取下来，换成一块大的黑色头帕，再重新佩戴上那些银质头饰。苏甲哈家请了一个四五十岁的女人帮忙梳头，按照习俗要求，她必须儿女双全，生肖与惹作相合。梳好头之后，她拿给惹作一个鸡蛋吃、一点酒喝，这之后，毕摩口诵经文，向苏家的列祖列宗告知新娘的名字并赐予祝福,新娘才能进门。

已经没法统计这场婚礼来了多少宾客,凡是得到消息的四乡八邻都会自觉前来,根本不需要邀请。有个前来帮忙的邻居记得,他那天刷了三百次盘子,分了四百份肥猪肉出去。当参加完婚礼的客人拎着塑料袋走在路上,很难不让人注意到袋子里那坨让人垂涎的肥猪肉。更多人听闻消息后来到婚宴上。苏家院子里的尘土一次次被扬起来,始终无法落下。

参加婚礼的宾客中,头人苏取哈无疑是最引人注目的人物。他的名字是"拥有财富"的意思,镇上的人总拿他的名字作为范例,说明一个人的运势和名字息息相关。这位苏家的首领宽脸盘,脸肉厚实,法令纹如同刀削一般,神态威严。当他穿着一件带领外套,脚蹬皮鞋,拎着手机走进来的时候,那种威严的神态似乎在向所有人宣告:在伟大家族姓氏的庇护下,苏家想娶谁就能娶到谁。

苏家院子里站满了人——苏甲哈的叔叔、伯伯、堂哥、堂弟、堂姐、堂妹,晚到的甚至找不到下脚的地方。惹作的堂姐苦几则都蹲坐在地上。所有的亲戚,不分辈分,从院子到屋子,每七八个人围着四五大盆菜,一边欢声笑语地互相敬酒,一边奋力地和坨坨肉搏斗,一坨又一坨,一盘复一盘。

婚礼也是彝族人的社交场合,平日里家家户户都在忙着劳作,亲戚之间也无暇走动。婚礼是家族乃至全村的大事情,远亲近邻聚在一起,嘘寒问暖,互通声气;同一大家族下面有不同的分系，男性长辈会带着正在长大的孩子，介绍给其他长辈，以便慢慢接班；刚嫁进村的新媳妇则由婆婆陪同，从身上的布包里掏出叠好的礼金——大多就是二十块钱；有些长辈自家的男孩已到婚龄，也会乘机来看看刚过完成人礼的女孩，心中盘算适合开亲的人家；自然还有多日不见的老姐妹，举起一瓶瓶啤酒互致问候。

按照习俗，新娘家送亲的人是最尊贵的客人，最先入席吃饭。送亲队伍吃喝完毕，饭菜撤下，厨房里该洗刷的洗刷，其余的嘉宾落座，马上换上第二轮新的菜。苏家在瓦岗是最强大的家族，前来参加婚礼的亲友人数众多，这样的流水席要经历至少三四轮。

直到天都黑透了，来宾酒足饭饱，盘子收走之后，人们会聚在挂满喜字的梨树下聊天。年轻男性会围着火堆，开始引经据典地辩论。家族长老鼓励年轻一代在这样的场合"出风头"。

"我来问问你，神话中的物种起源是怎么回事？"

"你之前说那个偷东西的人应该重罚，我认为你说的不对，理由如下……"

这样的辩论未必会有一个结果，但可以充分展示逻辑和口才，长辈们会在心里默默地打分，作为将来选择家族首领的参考。这种时候，头人苏取哈的儿子苏史古因为学识渊博、能说会道，往往博得众人喝彩。

夜色更深一些的时候，年轻人开始跳舞。借来的先科音响低音强劲，咚咚咚震得大地都在颤抖。舞蹈也是婚礼不可缺少的部分，不管是在新娘家还是新郎家，热舞总是不间断的。离瓦岗不远的马颈子镇，男人可以借着结婚跳舞的时候，把喜欢的女孩子一把抱起来。这种行为在瓦岗被绝对禁止，哪怕是普通的交谊舞，也绝对没人敢跳。

小伙子们特别喜欢跳的舞蹈是"三十二步"，一种融合了迪斯科和集体舞的舞蹈，需要记住一定的步伐，三人一排，扭胯跺脚。这种舞蹈直到今天还在瓦岗流行。他们如同敏捷的豹子，在泛着啤酒泡沫的泥地上欢腾，女孩子们羡慕又害羞地躲在一旁，看着他们舞动，空气里全是荷尔蒙的味道。

全村几乎所有人都要来参加婚礼，一批客人吃饱喝足辞去，下一批客人迅速加入。人们不知道喝了多少箱蓝带啤酒，村里唯一的小卖部几乎被搬空，家里酿的苞谷酒也喝光见底。

没有人能看到新娘的模样，她时刻捂住自己的脸，从被背进来到毕摩指定的方位坐下开始，新娘要避免让人看清自己的长相。客人们最多只能透过宽松的服饰看到她的身形，以及透过纤长手指看到她涌出来的泪水。苏家有位亲戚记得，新娘苦惹作和两边陪着的伴娘沉默地坐在那里，眼泪止不住地从手指缝里流出来。"这是好事啊！"亲戚喜滋滋地说。直到被送亲的人背着回门，哪怕手臂酸麻，新娘都不好意思放下手。婚礼全程，屋子里的惹作也见不到自己的新郎。

苏家选定的婚礼场所，是卡在小斜坡的一栋黄色土房，顺着山势建造，门口有一小块平坦的石阶。甲哈在里面和兄弟跳了三十二步，头上还冒着热气。他走出来坐在台阶上，摇摇手中的啤酒瓶子，一口气干完，然后开始大声歌唱。

他唱的是《莫且格且》，汉语里的意思约等于《长相思》。

与你相知，
我心中比蜜甜呢，
心中比蜜甜呢……

婚礼举行完毕，新娘就要回门。甲哈的堂妹拿着簸箕，向天上随意抛撒着苞谷粒——这是祈求吉祥幸福的祝愿，被苞谷砸到的人能幸福一整年。

回门结束，已经是婚后第五天，甲哈家找毕摩算好了，这是月亮出来的一天，也是和女主人熊尔各生肖相合的好日子。准备好做仪式的树枝，还有猪、羊、鸡，在家里的火塘边举行转魂接纳仪式。惹作坐在下方，甲哈和叔叔伯伯等男性长辈坐在火塘的上方，毕摩向苏家的祖先告知惹作的名字，将她的魂迎到夫家的火塘边。

隔壁找来的年轻小伙子把鸡、猪、羊逆时针在全家头上转，之后宰杀。吃完饭之后在毕摩旁边放上两个碗，舀上清澈的水，其中一个放上几颗苞谷粒，另外一个放进一点白色的炭灰。还要准备好两根长的稻草，在甲哈全家人身上蹭一下，打成两个结。又准备好黑色和白色的树枝,各自在上刨出九条枝条,削到连在枝干上一扯就掉的薄度。

手里忙活着,毕摩也开始念经:"你的脚踩过的地方,眼所见过的地方,口所说出的、耳所闻的地方,说错的,做错的,走错的,一切都归零……"意思就是新娘和新郎没结婚之前做过的一切,如果有什么坏事,从今以后归零,他们的日子现在重新开始。

帮主人家将身上晦气洗净之后,毕摩大声问甲哈:"从今以后,让你们感到不安的,还会不会缠绕你们了?"甲哈回答:"不会了!"

毕摩最后才端起一杯酒,让新郎喝一点,让新娘也喝一点,这就是彝族真正意义上的"上户口"。苦惹作成为夫家的正式成员,将得到苏家祖先的庇佑,顺利生儿育女,开枝散叶。

帕察阿省·大石包

数百年以前，还是挽弓搭箭、猎虎取皮、猎熊取胆的年代。出生于美姑的帕察阿省是个出色的猎人。有年春天，他和兄长阿朴去狮子山狩猎，跟着猎犬越走越远，发现了一个三层楼高的大磐石，当地人称为"鲁诺阿莫"，也就是"神石"。大磐石脚下有条涓涓细流，阿省俯下身子喝溪水，箭筒里的箭滑落下来，箭支中夹杂着一些稻谷。阿省把稻谷捋下来，顺手撒在大磐石旁的沼泽地里。

秋天兄弟俩再来，站在巨大高耸的大磐石上，眺望四周，发现茫茫的沼泽地里竟然长出了一大片稻穗，黄金般耀眼。阿省对这个地方觊觎已久：方圆数里内水草丰美、土地肥沃、气候宜人，四周巍峨雄伟的群山是天然屏障，地势非常险要，易守难攻，宜耕宜牧，上山可狩猎，下河可捕鱼，是一片理想的居住宝地。而那金灿灿、沉甸甸的稻穗垂着头，弯着腰，在秋风中摇曳，仿佛在躬身迎接新主人的到来。

阿省在大磐石上驻足良久，不禁怦然心动。而这就是"沙玛穆古"的中心地带（瓦岗雷池的嘎窝村一带，现在雷池乡也已经撤销）。

帕察阿省打听到这片土地是原住民部落迪布家族的，便找到迪布家，问这个地方谁做主。人群中一个壮年男子向前跨步并回应道："迪布的地盘，我说了算。"说话男子是迪布家的首领，名叫迪布拉日，阿省故意与他搭讪套近乎，表示自己要重金购买大磐石。迪布拉日一听阿省想高价买自己家的"大石包"，心中暗自惊喜：真是天上掉馅饼，大石包也能卖钱，卖给他，他也背不动、搬不走，何乐而不为？

帕察阿省支付了九锭银子、三两黄金和一件黑色披毡。有人追问阿省买个石包干什么。阿省微微一笑，"这大石包是个小羊羔玩耍的好地方"，就搪塞了过去。

第二年的春天，帕察阿省牵着牛，扛着犁，来到大磐石周围开垦荒地，准备耕种。迪布拉日得知后，急忙跑过来说："怎么能不通过主人，随便在我家的地盘上开荒种地？你买的只是大石包。"阿省神态自若地回答道："难道我用金灿灿的金子、白花花的银子买个石头，你当我傻？"双方争执起来，僵持在那儿。

迪布家很不服气，请来阿图家的德古来调解，再请阿力家的苏易来撮合。"德古"和"苏易"是当地最德高望重的民间调停人，可无论怎样苦口婆心，帕察阿省和迪布拉日都互不相让，调解了三天三夜都没有说和。德古说："既然双方都不服调解，那你们两家的纠纷只有诉之官府了。"建议两家按照汉人的习惯裁定，让他们去"拉布俄卓"打官司，那个地方今天叫作西昌。

他们来到西昌府衙，呈上了状纸。审案的过程，阿省气定神闲、据理力争，从容地向汉官陈述了他花重金买大石包"鲁诺阿莫"的经过。迪布拉日反倒战战兢兢，应对失据。汉官问阿省："你为什么买这个大石包？"阿省回答道："我怎么可能仅仅买个吃不得、用不得、搬不走、挪不动的大石包？我买的是包括大石包在内的大片土地和林地，所以才花这么多金子和银子。当初和拉日是你情我愿的买卖，现在他却出尔反尔，言而无信。请求官府公正裁定。"汉官又问迪布拉日："你是否真的收了阿省这么多钱？"拉日承认道："是。"汉官说："那你还有什么说头？"

得到官府的支持后，迪布家族仍旧拒绝交出土地。帕察阿省纠集家人"起兵攻打"，吓得迪布家族连夜远遁，不知所终。这个故事叫作"帕察阿省智取沙玛穆古"，是阿省的后代也就是苏兹家①兴旺的开始。

如愿以偿地得到这片土地后，帕察阿省的家族成为这一地区的新主人。苏兹家不断发展壮大，在当地一家独大。自此以后，在这片土地上，无论大小事，通通都是苏兹家自己做主，他们彻底摆脱土司的控制，成为极少数没有任何束缚的独立的白彝氏族。他们也凭借自己的特殊地位让瓦岗成为"白彝的天堂"。

---

① 1956年以后，参照汉族的百家姓，"苏兹"改成"苏"姓。

清朝中晚期改土归流①后，苏家决定拜请沙玛土司为"名投主子"，这也是沙玛土司求之不得的事。沙玛土司迁居沙玛穆古后，因在苏家地盘，与苏家不以主仆相待，一直以弟兄相称，相互依存。苏家对沙玛土司不交税赋、不纳贡、不服劳役、不献酒、不送猪头等，没有任何应尽的义务。凉山彝族"克智""尔比"中经常出现一句话，"黑之上有白帽，白之上只有金影"，这句话中的"白帽"指的就是苏家。在彝族民间口头文学、记忆文学里，在婚嫁时主客双方的笑谑、自诩、对赛、自夸中，苏家被称为大凉山地区四大黄金白彝家族之一，号称"从来没有受过他人奴役"。这是苏家卓然地位的一大傲证。

清朝末年，帕察阿省的第十二代子孙头人拉纳，英明神武，带领苏家达到威名最盛的时代。他常年代替土司去西昌上贡，当地人见他如见土司。拉纳时代的彝族社会是最狂野、最奔放也是最自由的。原有的社会秩序被清朝中期的改土归流破坏殆尽，黑彝纷纷独立。在土司治下，想安全走过黑彝地界十分困难，别说走到西昌，就是安全走过昭觉，都是难上加难。但是拉纳能以自身的威望，常年行走在最难走的路线，往返于众山之外，也因此得到朝廷赏赐，威名传遍了彝族人生活的地域。

清朝末年，瓦岗地区遇到大灾荒，饿殍遍野，饥民四处逃难，头人拉纳打开自家的粮仓救济灾民，尽其所能收留难民，

---

① 改土归流，指清朝时对地方世袭的土司制度进行改革，将其改为由中央政府直接派任流官治理的制度。

他的仁善也成为人们津津乐道的话题。

拉纳最大的壮举是建成了一座别具一格的"资以",也就是大豪宅。整个房子用的是榫卯结构,没有任何一颗钉,使用的金丝楠木是当时的顶级建筑材料。这些材料需要昭通的匠人们绕过不同家族和黑彝领地,甚至是绕到莫伙波的背阴面才能找到。几十里的山路,数百人的日夜劳作——伐木、运输、加工、架梁、成房,足足花费了两年才建成。这座房子堪比当地的"白宫",也是苏家灵魂的寄托。彝族的"克智"当中也提到过这座著名的建筑。历经百年风雨沧桑,直到文革"破四旧"被破坏殆尽。

1898年,也就是农历戊戌年,这是一个神奇的年份,就在那一年,苏老肥出生了。苏老肥名叫苏比坡,一百二十年前,他是这方圆几十里最富有的人。值得一提的是,他也是这附近最胖的胖子,这是一项了不起的成就,他热衷于在所有人面前展现自己肥胖的身体,堪比后世的泰森随时在镜头前拎起两只沙包大的拳头。

苏老肥死后,苏家很久都没有出过他那样的人。[①]

至今,苏家在瓦岗定居了五百年左右,成为当地势力最雄厚、历史最悠久的家族。而他们五百年间的历史和故事,那些

[①] 帕察阿省及头人拉纳的传说来自苏阿体《猎手与猎物》《凸仁拉纳》,以及苏史古《凸仁拉纳之简析》。苏老肥的历史来自苏史古《苏老肥动荡时期的自由者》。以上均为苏家家支内部研究文章。

严格的家法、祖先的英勇、神奇的传说，都记载在了已经失传的二十四本书当中——由历代祖先记录下来的那本苏家的"天书"。

说吧，说吧。

让我们回到最初。

苏家惯常于傍晚时围坐在火塘前对酌，长辈与晚辈、父与子聚在一起，熊熊烈焰让家族勇武的血液也沸腾起来。那些先民的故事就是从这里开始讲述的。无论是樽俎之仪、宾客之礼，还是祭奠之法，这样的"火塘教育"在有头有脸的家族里基本都大同小异。

第二十三代的头人苏取哈至今都记得那种羊皮卷摩挲起来的质感。这二十四本书分类详细，应有尽有，天文、地理、传说、药物、战争、彝族社会的习惯法、所有的历史，既有图画，也有彝文。从彝族二十八星宿如何运行，到如何给羊羔接生，从支格阿龙如何成为一代英雄，到怎样修筑一座完美的房子……历代族长头人都是靠这些书知晓天上地下，家支运行的秘密，打败冤家对头的要义。

这样的经书势必躲不过"文革"的洗礼，苏取哈爷爷上吊自杀的年代，也正是天书被摧毁的年代。据说最有威力的书卷，当以狼血写成。当它们被投入火塘时，天书是否也曾流下红色的汁液？那个时候苏取哈并不知道，他会是最后一代窥见过天书的人。

1987年，苏取哈冒着风雪牵着一头黄牛，步行三天三夜到云南昭通，以四百五十块钱的成本，把牛卖到了九百块钱，又从那里运回棉布，赚到第一桶金。之后，他收购药材"小重楼"去卖，承包电影院，开办矿场、水电站，鞭策自己做了能做的一切改善生活；抓住过时代的红利和机遇，也曾经在危险的边缘试探，坐过牢；也当过劳模，让苏家重新成为当地最富有的家族。

而瓦岗对苏家这一代人的尊敬主要就来自苏取哈。他今年五十六岁，他的爷爷苏取图和苏甲哈的爷爷苏吉图是亲兄弟。苏取哈在生下大儿子的那一年修房子，不小心摔下来，走路至今一瘸一拐，却不妨碍他身上的果断杀伐。在事业巅峰时期，他经营水电站，雇用小舅子晚上值班。有天半夜，小舅子仓皇失措跑来，说看到鬼，头像磨盘一样越来越大，吓死个人。"在哪里啊？在哪里？"苏取哈兴奋不已，跳起来就往水电站跑去，"我这辈子真想见识见识鬼呀，来找我呀，倒是来找我呀！"

苏取哈是典型的传统式人物，也在新旧交替的时代洪流中寻找过自己的位置。从十九岁开始，苏取哈足足做了近四十年的德古，他熟悉德古的每一条习惯法——类似美国的判例法，参照一个判例来解释问题，懂得"黑白花"三种判罚的区别，也就是彝族地区判断案件大小和轻重程度的惯例。比如，同样是杀人：用刀砍死了人，就是所谓"黑的"，程度最严重的案件；用红缨枪杀死，因为手没有直接触摸到死者身体，算是中等程度的案件，就是"花的"；如果造成他者上吊自杀，离死者最远，就是"白的"，采取程度最轻的判罚。

苏取哈也因此成为苏家当之无愧的精神领袖。那些年，苏氏家族就由这个鬼都不怕的男人带领，大小事务都找他决断。

家族可以延续，头人一职却没有世袭，今年可能是这一支，明年就是另外一支。每一任头人首领都是从新的一代中自主诞生的。苏取哈就是靠自己的坚定、顽固和公正，赢得了整个家族的尊敬。

对于整个瓦岗的苏氏家族来说，"尚武"精神是融入血液和灵魂的，可苏取哈家不但重视能武，还看重行文，历来都有着"德古"的传承。1989年，大儿子苏史古出生之后，苏取哈一直把他带在身边，让他观察德古调停家族事务，希望他可以子承父业。

常年在外做事的苏取哈，尤其懂得读书的重要性，把五个子女和两个妹妹都送去读书。大儿子苏史古在成都师范学院上大学，其间因表现优异被公费选派马来西亚交换留学一年，随后还在西南民族大学读了研究生。他毕业后从雷波县人民法院法官助理开始干起，投身脱贫攻坚工作，担任扶贫驻村第一书记五年，如今在雷波县的西宁镇担任镇长。苏史古学识渊博，对彝族文化和家族历史如数家珍。瓦岗的人都说他天上的事啥都清楚，地上的事情也知晓一半——这句话也是他们当初用来形容头人苏取哈的。

在苏氏家族许多人的心目中，依靠口才取胜、表达能力出色的，除了苏取哈，就是苏史古了，接下来，苏甲哈也应该算一个。

1989年苏史古出生，1990年苏甲哈出生，苏史古比苏甲哈低一辈，但年龄相当，都隶属于苏氏大家族下面的"瓦池"（祖宗）这个支系，是他们各自家庭的希望。

在凉山，大家把血脉称为"根骨"或者"骨头"。而像苏家这样"骨头"很硬的家族，特别看重尊严和规矩，几百年以来都在不停地用各种行为，尤其是通婚，来捍卫他们的等级。

"因为地形地貌、土地结构和人员接触的不同，导致（高山和半高山、河谷）很多生活、思想、行为模式不一样。从对外交流的面向而言，从低到高依次递减；从诚信道德和团结观念而言，从高到低递减；从生存环境而言，中间好两边坏；从生存能力而言，两边高中间低；从血勇而言，从高到低递减；从财富积累而言，中间高两边低。因为生存的需要，苦家世居高山，他们人多、有血气，帮我们打退过敌人，所以我们联姻，他们看重我们的传承和财富，我们看重他们的血气和勇武。和熊家结亲是精神的需要，和苦家结亲是生存的联系。"

关于苏史古总结的这些家族历史，十五岁的新娘苦惹作一无所知。她只知道：和只有二十多户人家的罗乌相比，瓦岗绝对是个大地方，这里世代居住着几个大的彝族家族。她的丈夫是最强大的苏家的骨血，比她大五岁。在多年前某次苦家长辈的葬礼上，或许打过照面，据说长得也还顺眼。在这群山之中，作为一个妻子，她知道这些已经足够了。

苏甲哈·洞房

尽管已经嫁为人妇，苦惹作终究还是个刚刚十五岁的少女，有着孩子般的天真。回门到娘家，在众多亲人的围绕下，第一句话就是问苦友古："阿达，我可不可以不要再回去瓦岗了？"引得大家一阵哄笑。

这里的婚俗和汉族区别很大，没有"洞房花烛夜"这个环节。按通常的规矩，苦惹作本该回门三次。但瓦岗到罗乌的直线距离虽然才二十公里，实际走起来却需要翻山越岭，非常不便。考虑到实际情况，回门缩减为两次。每次到瓦岗，苦惹作都会偷偷打量自己的丈夫，这是人之常情。但新婚夫妻不能太快熟稔也是风俗的一部分。苏甲哈比惹作大五岁，中分的头发压得和稻子一样平整，两只眼睛距离有点宽，个头不算高，但骨骼粗大、肩背厚实，散发出一种西门塔尔牛[①]似的活力，不失为一个精壮好看的男人。

[①] 西门塔尔牛，原产瑞士，20世纪初，中国为改良本土牛的基因引进，在四川等地有广泛养殖。

最初的接触中，小夫妻连眼神都相互回避，不经意撞到，惹作只会下意识地低下头，又扭过头去偷笑。

没有人会去教导她如何从"女孩"变成"女人"，大家从来都羞于谈"性"。凉山彝族传统并没有关于婚前性行为的严格禁忌，在许多地方，默认舅舅的儿子对姑姑的女儿（也就是表亲之间）有优先婚配权，即使年轻人在婚前有了什么，也不算很出格的事情。

罗乌是个例外，那里过于与世隔绝，居住在一起的二十多家都属于同一支系——彝族严格禁止同一宗亲之间结亲，不管相隔多少代都不行。平时聊天的时候，倘若在场的有属于同一家支的女性，男人们就连下流话、脏字都不允许说。所以，惹作直到婚后，才算和异性有了第一次亲密接触。

而在瓦岗，由于人口众多，又属于多姓混居的区域，婚恋禁忌不如罗乌同姓混居那样严厉。像苏甲哈这样外向生猛的男孩，在性方面很难说是一张白纸。瓦岗的年轻媳妇们私底下红着脸嘀嘀咕咕："瓦岗的男人嘛，和我们不一样。他们懂得多，也不知道从哪里学来的花样。"

惹作的堂姐苦几则今年四十八岁，背着上百斤的箩筐，稳得如同一匹壮年黑马。她有一双杏仁般的眼睛，鼻梁挺拔，从脸上很容易看出年轻时候的俊秀。苦几则十七岁时嫁到了瓦岗，对男女之间的事情一无所知。她亲生母亲死得早，一般来说，也不会有长辈对一个女孩传授这些知识。她的丈夫苏取且，苏取哈的弟弟,是家族中有名的美男子,年轻时帮苏取哈的电影院干过活儿。"他整天看各种电影,特别懂,在外面玩得也花着呢。"回忆新婚生活,苦几则感觉每晚都是丈夫在用强,过了很久她才勉强接受男女之事。

又一次回门之后,惹作再次从娘家来到苏甲哈家短住。按照习俗,她需要找个借口,住在邻居家。新婚妻子需要和她的丈夫保持距离。"不能让他这么快得手,他才会尊重你。"人人都会这样叮嘱新婚女性,至于具体怎么做,却没有人教给她。躺在床上的时候,哪怕她很疲惫,睡眠也会很浅,随时留意着门外的动静,像留意一头随时会闯入的野兽。在罗乌,人们会用铁棍、叉子、铲子、锄头对付野兽,此刻她即将步入成人世界,面对一个呼吸粗重、浑身散发着荷尔蒙气息的人形"猛兽",应该使用什么手段或者武器,对她来说,脑子里一片空白。

夜更深了,公猫们聚集在苞谷地里打架,许是抢夺地盘,许是争夺一只母猫的交配权。夜风吹过,没有闩好的门嘎吱作响。从窗户望出去,瓦曲拖村仿佛坠入密不透光的洞穴,空中将圆未圆的月亮,被涂抹上了一层淡淡的啤酒色,零星的灯火渐次熄灭,黑暗中可以听见邻居嫂嫂的呼吸、孩童的梦呓、窗户下面的虫鸣,以及自己怦怦的心跳。"要想征服自己的女人可不容易,首先要弄清她当夜借宿于何处,待夜深人静破门而入,在黑暗中摸到她、搞定她。"此种经验之谈在男人们喝酒的时候,自然不乏私下交流。这种古老习俗是为了表示女方的贞洁,也为了体现男方的勇武,在当地流传了许久。苏甲哈在成长的过程里,会不止一次地听到,并谨记于心。

黑暗中摸进房间的男人身上或许带着苞谷酒的味道,也可能夹杂着烟草味——辍学以后,甲哈很快就学会喝酒抽烟,并乐在其中。惹作可能紧张得一动不动地躺在那里,男人的手会轻轻地在她的脸上试探,呼吸粗重而浑浊。他们之间不可以有交谈,两人闷声不响地撕扯起来,但这只是半推半就的愤怒。惹作当然知道这个男人是自己的丈夫,但不会轻易放弃抵抗,她常年干活,力气不小,甚至和野猪干过仗。甲哈多半会在撕扯中耗尽气力,为了不惊动其他人,又蹑手蹑脚地离开。

这样的拉扯必须进行两三个回合,才算是合格。然后在某一刻,甲哈会捉住她的手臂,脱去她的衣物,惹作也会第一次深刻体会到,像荞粑粑一样任人揉搓的感受。

年轻的肉体相拥在一起,新鲜而温暖。不管还有谁在屋子里,都会屏住呼吸当什么都没有发生。这样的夜晚所有人都心知肚明,也默认新婚的男女之间要有这样拉扯的过程,才足以表明女人的贞节和忠诚。

除了借宿邻居家,还有一种避免尴尬的办法,就是甲哈的妈妈找个借口"走亲戚",在外借住一段时间,给新婚的夫妻腾地方。直到甲哈真正地把她"征服",夫妻之间有了亲密关系,苦惹作终于成为婚姻中的女人,开启人生新的一页。

德古·瓦曲拖村

苏甲哈挥动锄头的动作干净利落，他是个做农活的好把式。但他平日里的裤脚干干净净，看上去不太像经常下地劳作的样子。他的父亲苏尔坡是瓦岗镇瓦曲拖村的农民，种了一辈子的苞谷。大儿子苏拉哈生下来才四个月，老婆熊足取嫫就得病死掉。那时他已经五十几岁，又娶了比他小三十岁的熊尔各——大概因为熊尔各有听力障碍，才没有计较两人之间巨大的年龄差。生下两个女儿之后，终于得了小儿子苏甲哈，自然百般溺爱。很多村民都能回忆起熊尔各站在地里，高声炫耀儿子的场景。

这里是大凉山深处一个少有人知的地方，位于雷波县城西南，距县城七十公里。一条土路从沙坪子（村）沿着陡峭的山坡绵延而上，到巴姑（乡）时穿越一惊险路段，左面悬崖绝壁，右边万丈深渊，至瓦岗（镇）境内稍有平缓。被沙玛莫伙波、阿火瓦坨两座高山和金沙江环绕隔绝，视野所及，全是险峻山岭、纵横沟壑，山坡的褶皱当中散落着一些骰子似的小房子，孤悬于世界之外。

世外，既有外人难得见到的美景，也有独一无二的生态环境。那些羊肠小道永远泥泞缠绵，进入雨季，公路一侧的山石特别容易受到惊吓，沿途撒下崩落的碎片。零星的当地人如同蝼蚁，背负背篓，或直接驮着化肥口袋，在蜿蜒曲折的乡道艰难行进。此地气候变化通常并无过渡，狂风暴雨完毕，一丸太阳弹向天空，强光瞬间自四面八方劈面砸下，万物都不可直视。只有更高处的雾霭山岚四季如常，人行走于山中，直如飘浮在云端。

不够强悍的生命，根本无法在瓦岗生存。甲哈有个堂哥上山砍柴，手下失了准头，斧头砍到脚上。脱下鞋发现掉了一个脚趾，就从身上扯下块布裹住伤处，拾起掉了的脚趾放进兜里，一瘸一拐走回家。他家什么都可以拿来泡酒：天麻可以强身，蜜蜂可以驱寒，蜈蚣和蛇自然是为了壮阳。至于那根脚趾头，他把它丢到天麻、蜜蜂、蜈蚣和蛇之间，浸得白白胖胖，像一段浮肿的胡萝卜，不知道喝它泡的酒有什么用。

对苦痛伤残，瓦岗人通常有惊人的忍耐力。如果在地里被草割伤，就拿泥巴抹在伤口上继续干活。瓦岗山里出产多种名贵药材，但是采药是苦差事。譬如要采一种叫"小重楼"的草药，必须得无视刀锋般的岩石，手脚并用爬到海拔最高的山。蛇虫、蚂蟥、毒蚊子不计其数，身上还会留下各种擦伤。有人路遇硕大黑熊，被一巴掌拍晕，醒来发现眼部、嘴唇、耳朵、头顶、下肢等处都受了伤，紧急送医之后，光是头上就缝了五六十针。还有人摔在砍了一半的竹子上,划破肚皮,肠子流出来,自己慢慢塞回去,有人路过给他一件衣服帮他包起这破碎的肉体。等他回家养好了,下次再接着上山采药。

很多人的肉体都有些缺损,断指断肢、伤疤刀痕,在这里再正常不过,他们都把那当作生活里稀松平常的一部分。

活在这里的人们必须冷硬、强悍地对待自己和他人。男人从小要学习摔跤,谁的力气大,谁的技巧好,就会被十里八乡赞扬。每当集市散去时,灰色的街道上,饿狗疯狂舔食凝结的血块,总会有男人坐在街边,身上伤痕累累、血迹斑斑。即便是亲父子、亲兄弟之间,有了争执,也有可能随时用到拳头、泥块、石头、棍棒,甚至腰间的砍刀——当然它有时也用于削掉厚重的泥垢和趾甲。至于参与残酷血腥的家族战争——打冤家,对他们来说,甚至可以成为出人头地的大好机会。这里是瓦岗,雨点落在地上的声音都会比其他地方响亮。

附近一个村子,有对夫妻经营了一家小小的杂货铺,他俩出门种田,把十二岁的儿子布齐和八岁的儿子古者留在家。在乡村,大人不在家,通常是大一点的孩子,带小一点的弟妹。那天地里的活儿实在太多,夫妻天黑才到家,推门就发现一个儿子倒在血泊中,一个儿子呆坐一旁。原来下午两个儿子发生争执,打了一架,一开始只是嬉闹,古者不服气哥哥总是压自己一头,从柜台里找出来剪刀,直接捅了过去,正中布齐心脏。

苏拉哈和苏甲哈兄弟彼此敬重，性格却像是一把汤勺的两面：一个克制内敛，一个张扬外向。苏拉哈的亲生母亲死得早，像个孤儿一样长大，二十岁外出打工养活自己。苏甲哈十五岁那年，父亲苏尔坡病死，给苏甲哈留下了七八块好田和所有财产，只给苏拉哈留下一块薄田、一栋歪斜的土房子和两把吃饭的勺子。除了父母偏心，凉山彝族社会实行严格的父系亲子继承制度，年长子嗣成年自立门户，幼子必须与父母同居并奉养父母，最终父亲的房屋和父母的灵牌也由幼子继承。至于女儿，根本没有继承权。

甲哈在母亲熊尔各的呵护下长大，至于父爱，似乎可有可无。村民们至今记得甲哈爸爸苏尔坡穿着察尔瓦的样子，他把外层取掉，露出带毛的那一层，伏在火塘边，像一只安静的野兽。他抽着烟杆吧嗒吧嗒的声音伴随了甲哈的童年。熊尔各二十多岁嫁给他，结婚二十年后守寡，他从未帮妻子做过哪怕一件小事。苏尔坡惜字如金，说一不二，虽然妻子性格强势，但家里的经济大权和各种事的决定权还是掌握在这个烟熏火燎的男人身上。她什么都听他的。

甲哈就在这样的环境下长大，多半以为女人都像母亲那样，从早到晚不停地忙碌，而且理所应当。

因为亲上加亲的缘故，第一次见到婆婆熊尔各的时候，惹作就称呼她为"阿波"，也就是"姑姑"。这个亲昵的称呼一直延续到了婚后,那个时候她并没有意识到熊尔各的听力缺陷会对自己的命运有任何影响。彝族没有自己的民族语手语,熊尔各无师自通,学会了阅读嘴型,但嗓门难免大得惊人。

熊尔各生于毕摩世家,虽说女性不能继承祖业,倒也熟悉毕摩仪式当中的大小流程,从小见多了各种场面,对大自然的各种预兆、禁忌了然于心。村里人提起时都说她心地善良,对儿媳妇也不苛刻,她们只是不怎么交谈。

苏甲哈一直有做德古的梦想,那是有出息的表现。惹作曾经看他去帮人调停。瓦曲拖村有个姑娘嫁去洛嘎阿则的吉克家,夫妻两人参加一个婚礼,被人盘问奶奶和母亲是什么氏族之女,妻子是什么氏族之女、什么氏族甥女等家支血缘的事情。当听说她属于呷西①之女,也就是等级最低的家族时,邻居们开始嗤笑,长老父兄们也开始话里话外地讽刺男人:"你们在雷波就没有门当户对的家族开亲了吗?"

两口子憋气又窝火,回家大吵一架,女人怪丈夫没能在外人面前替自己撑腰,吵着吵着就打了起来。男人坚决要离婚,女人就闹到了苏甲哈面前,要求他帮忙做主。

苏甲哈去了那个村,当着村民们的面,递了一圈烟,然后在众人面前大声说道:"我的好侄女,在这一带,你想干啥干啥。谁敢拔你一根发毛,我苏家第一时间给你撑腰!"说完把

---

① 呷西,意为"主人锅庄旁边的手脚"。

拳头在男人面前挥舞了一下，算是以"武力威胁"解决了这个问题。

这件事很快传遍了瓦曲拖村，村民们对苏甲哈调停过程中的细节津津乐道。瓦岗苏家对于子孙最重要的教育，就是"如何做男人"。他们对一句祖训奉若圭臬："男人一生要做三件事：在万众集会的场合策马奔腾；在重大节庆和重要场合上摔跤；在起兵打仗的时候冲锋在前。没做过这三件事的都不算真男人。"

很显然，沉迷于做德古的苏甲哈对"男子气概"有自己的理解和诠释。不过苏家一位长辈也当面指出，若想当德古他还须努力："苏取哈那样的德古调解是到双方满意为止，你是到你自己满意为止。"

整个家支的男人中，能作为德古调停的，除了苏取哈父子，应该就数得上苏甲哈了。或许对于苏甲哈来说，梦想中的立身处世的"面子"，就是通过帮人调停、出头、打抱不平这类事情来获得尊重。当惹作见识到丈夫替人出头，并获得多方尊敬时，崇拜和爱意多半从那时开始萌生。

她自然很快也会知道，和苏家的头人苏取哈相比，苏甲哈的所谓"调停"只属于小打小闹。作为一个人人认可的德古，可不仅仅依仗家族势力和碗口大的拳头，更需要素质和能力：不开口就震慑全场的气势，让人心服口服的逻辑，打抱不平的仗义，乃至眼神的适当安放，不疾不徐的说话节奏和语调。

1999年到2000年，是最后两拨统招统分。瓦岗有一家人的孩子中专毕业，却一直没有分到工作。多方查验之后，他们疑心在县城工作的另外一家人把名额分给了自家亲戚，就去讨要说法。对方说这是政策决定，并非我们故意损害你家利益。要说法的这家也拿不出实质证据，当下表示："既然好好说你不听，我们作为利益受损方，那就去大杀一场。反正你家是吃工资的，我们一穷二白什么都没有。"

双方情绪激动，各执一词。于是就请德古来做仲裁，先后来了七八个知名的德古，都调解不成。有人建议必须找智慧的苏取哈主持才成。苏取哈听了双方的说法之后，沉吟半晌，指出既然没有实在的证据，那么就把毕摩请来，依据"诫威"规定，进行彝族"神圣的审判"。彝族地区有自己倚重的传统规则和习俗，称为"诫威"，也就是所谓的"习惯法"。争执双方到城外山上，用三块石头支上一口锅，注入油或水烧开。毕摩在锅边念咒语后抓一把石头撒在锅里，并向锅中吹口气，让被怀疑的人去捞取锅中的石头，无过的人不会被油或者开水烫伤，而手被烫伤者会被判为抢夺他人名额或虚传造谣。当然，在锅内捞取的可能是石头，也有可能是鸡蛋或者生米。

毕摩到了现场，架好了锅，准备好石头，点起火来。油在锅上嗞嗞冒着热气，两家人敛声屏气。苏取哈观察双方的表情，又分别和两边的人单独见面，列出利弊，动之以情晓之以理。

对提出指控这家，苏取哈劝道："你家的指控虽然有理，但是没有实质证据。索要那么高的赔偿，于理不合；而且万一催逼过分，对方出了什么事，你家也会付出相应代价。"

对被指控这家，苏取哈劝道："他们家有诉求和指控，确切地受到损害。为了解决长久的隐患，你家还是要做一些必要的妥协。否则矛盾会越来越大。何不适当给他家一些精神上的慰藉呢？"

把双方情绪安抚下来之后，苏取哈适时提出建议，其实没有必要捞锅里的石头，各让一步，由被诉方花两千块钱买一只羊安抚对方。双方于是握手言和，当事人和围观者无不对苏取哈的计谋心服口服。

自此以后，苏取哈声名大噪。别人搞不定的纠纷，哪怕是出了人命的事情，都来请他做德古主持公道。德古是当地最德高望重、受人尊敬的人，其地位和请神驱鬼的毕摩相当。能担任德古的人除了具有一定的经济实力足以扶贫助困，更重要的是能言善辩、公平公正、敢于说真话、不畏强势，还能在日常带领自己的家族对抗其他家族，为自己家族发声。这是一个靠众人的信任才能担任的职位，倘若有一两次判决不平，就有可能失去众望而丧失地位。

按照彝族的辈分算法，同辈兄弟里面，长房家的永远是哥哥，即使年龄比幺房家的要小，因此苏取哈要称呼比他小二十几岁的苏甲哈为"哥哥"，称惹作为"嫂嫂"。结婚之后的第一次家族聚会，苦惹作落落大方，不仅能和亲戚们打成一片，还敢和不苟言笑的苏取哈开玩笑。她指指屋子另一头的甲哈,"如果以后他欺负我,"再指指在近处喝酒的苏取哈,"我就找他帮我出头做德古。"

鲁阿朱·蓝紫色头巾

当地有个流传下来的真事:

多年前的一个秋天,在掰了一天苞谷后,村民们热闹地围坐在一起剥苞谷皮,男人坐一边,女人坐一边。一位妇女不小心把坐在身旁的俄木曲且过门不久的媳妇的头巾碰落,她的头发立即散落下来。碰掉头巾的妇女不知所措,其他村民面面相觑,窃窃私语。新媳妇看看村民,又看看在场的男性长辈和兄长,只觉得羞愧难当、无地自容,立马跑回家中,当晚就自杀身亡。[1]

类似的故事在凉山四处长久地流传,阿母也对惹作说过,女人裸头视同裸身,伤风败俗。尽管如今的年轻彝族女孩几乎摒弃了戴头巾的习俗,但在传统保守的地区,头巾依然如同隐

---

[1] 引自苏家家支内部研究文章《猎手与猎物》,作者苏阿体。

形的紧箍咒,紧紧地扎在女性头上。

到了瓦岗,惹作也从苏家长辈那里接收到"不准披头散发"的禁令。这个针对女性的禁忌,据说来自瓦岗的一个传说。苏家在瓦岗定居不久,鬼也跟着来了。最厉害的鬼叫鲁阿朱,会吃人,魔力也很强。苏家祖宗感叹:"这个鬼不是一般的鬼。跟你说话,你回答得不对头就骂你,骂了你,还要杀你。完全莫得办法。"

直到某天,有舅甥二人,一个叫俄阿里吉蜀,另一个叫吉皮贡贡,计划跨越金沙江去讨生活。经过瓦岗时,在一个坡地上抽烟,苏家放羊的吉古阿里来借火,三人坐在一起闲聊。吉古阿里忧虑地说:"这里有个叫鲁阿朱的恶魔作乱,害死了不少人,我们先后请了毕摩来咒、苏尼来撵,都没办法除掉,无计可施。你俩快走吧,不要在此久留。"吉古阿里的好心示警,却激起舅甥的侠义之心。外甥插话道:"我舅舅就是大毕摩,你怎么不请他?"舅舅也说:"这个鬼我有办法把他引过来,只是我杀不死它。"吉古阿里把这个消息传递给苏家。苏家上下都说好:"只要你能引过来,我们就想办法自己杀它,只要能帮我们把这个鬼消灭掉,你们可以在瓦岗随便选地方定居。"

二人安顿下来,毕摩舅舅开始扎草偶、插神枝……准备就绪后,毕摩舅舅端坐上方,左手持一只大黑公鸡,右手摇动法铃,开始画符念咒,然后用刀割破鸡的喉咙放血于碗中,把血碗放于神枝旁。外甥躲在下面的筐里,准备好弓箭。毕摩叮嘱外甥，当碗中的血有波动，慢慢减少时，放箭射去。毕摩口中诵经念咒，诱使恶魔来喝碗里的血。那个家伙馋得不行，被勾出来喝了起来，喝着喝着，恶魔问："你那么大的筐筐摆在面前啥子意思？"毕摩说："没得意思，怕你喝血的时候被打扰，里面只是关了几只鸡……"于是恶魔又接着喝血，碗中的血越来越少，筐里的外甥估摸着时候到了，一箭射过去，正中恶魔口腔。

大家连忙把恶魔的尸体抬起来就走，吼声惊动沿途的村寨。抬到马尔普村，有个妇女没梳头，听到声音很吵，跑出来看热闹，恶魔抬眼说道："那边有个山羊只有一只角，把它拉过来给我吃。"话音刚落，没梳头的妇女就倒地死了。[①]

这是恶魔鲁阿朱留下来的告诫，没有梳头就不能出家门。毕摩又把这个告诫作为习俗，传给了瓦岗的妇女。当苦惹作听到这个故事时，多半会淡然一笑。十几岁的她正处于最热衷梳洗打扮的年纪。每天早晨，她会反复梳理黑色的长发，编成粗大的辫子盘在头上。惹作很喜欢一条蓝紫色的头巾，上面带着俏皮的流苏。她会小心地把它折成三角形，把头发从后往前严实地包起来，让流苏飘在额前，就像戴了一副小小的珠帘。

对于彝族人来说，系上整洁好看的头巾有一种仪式感，如同脸面一样重要。出门或参加重要活动时，惹作总是非常注重仪表整洁：把几套衣服来回换着穿；没有熨斗，也会下意识地

[①] 鲁阿朱的故事，来自毕摩熊以机的口述。

一次次用手去把裤子拉直；买来的头巾流苏不够多，干脆自己动手织一张。

当着阿母的面，甲哈不好意思时时刻刻盯着梳头的妻子。但是一对年轻夫妇能每天醒在自己的新居，睁眼就能看到对方的脸庞，这该是段多么幸福的时光。

瓦曲拖村位于瓦岗的东南方向，到瓦曲拖村需要从瓦岗去雷波县的主路分支盘旋而上，路上能看到凉山特有的红土，混合着牛羊的粪便，被人车牲畜践踏得坑坑洼洼。车行一个小时左右，路边有个废弃的矿场，这里原来属于苏取哈。矿场边上有一栋无人建筑，牌匾上写着"瓦曲拖村党群服务中心"。从那里仰头望去，前方两百来米有座小山丘。那便是瓦曲拖村，所有的房子都沿着山势修建。一路爬上去，沿着村里的水沟向南，路过三四户人家，最靠西边的就是甲哈与惹作的新家。

这是凉山最常见的瓦房，又小又孤单，很容易辨认。长在院墙头的狗尾巴草能有一尺高，落叶积垢的瓦片，成为麻雀筑巢产卵的理想场所。

青灰色的水泥地是为了结婚才浇成的，也是整个房子最洁净的所在。平日里晒苞谷晒衣服晒酸菜，都在这片水泥地上。他们养过的那匹小马驹一次次踢踏而过，留下一串嗒嗒的蹄声。

西侧靠近围墙的位置有一棵梨树，高且直，紧靠着牲畜栏。院子里只有一间正房，正房东侧有一个独立的厨房，厨房顶与客厅的门廊联结，房子之间的落差足以撑起一片缝隙，让肥厚的炊烟缓缓逸出。

新房大门口没有像大多数的家族一样，挂上辟邪的牛羊角。由于房屋矮小、光线黯淡，眼睛需要适应一下才能看清室内的状况：整体约四十平方米的空间，是客厅，也是卧室，呈"门"字形的三张床围绕着中央的火塘，熊尔各、甲哈和惹作各一张。侄子依呷来借住的时候，和甲哈挤一张床。彝族人避讳夫妻同床让人看到，惹作和甲哈的私密生活，只能在家里无人的情况下进行。

屋子中央的火塘是每个家庭的核心区域，看上去只是直径一米左右的土坑，里面放着三块石头，用以烧火煮饭，也可供寒冷的冬天烧柴取暖。火塘是彝族人的餐桌，几乎所有的社交礼仪都围绕着火塘完成，无论是成人礼，还是毕摩的各种仪式。

上了年纪的熊尔各睡得少，经常一早就出去串门，一待就是大半天。惹作取代了婆婆在火塘边的位置，做着各种活路。她在屋里屋外来回穿梭，要么嘴里哼着欢快的歌干活，要么以敞亮的嗓门聊天、大笑。惹作走路的速度很快，哪怕土路再湿滑，也能三两分钟就走到村口，也就是村里人聚集聊天的核桃树下。只是她作为新媳妇，还比较拘谨，并没有时常去参与婆婆孃孃的闲聊。

外来媳妇融入新的地方需要一段过程，惹作有很多饭要做，很多地要扫，很多牲畜要喂，还有很多祖先留下的规矩要遵守。

比如,"公媳相让"和"兄媳相让":如果甲哈爸爸还活着,惹作不能和他挨着坐,或是对坐,和甲哈的哥哥苏拉哈也如此,同时对话必须使用客气而文明的语言,玩笑也不能开。再比如,在聚会、婚丧喜庆和做客等家族成员聚集的场合,须依"轮辈规矩"——"长辈在上,长房在先"。也就是说,发言时须由长辈先发言,晚辈再说,座次安排也是长房在上位,后房在后位。

瓦岗的规矩还有很多,尤其是针对女性的。比如,十七岁以上的女性不能爬到通往阁楼的木楼梯之上,裙摆不能扫过锅庄,出门时不能背对着他人,不能不洗手就出门……瓦岗"最上等"的女性,必须以德行居先。要想得到一句称赞,来自罗乌的苦惹作,还有漫长的路要走。

组长·酸菜汤

2010年，瓦曲拖村终于装上水管，通了自来水。惹作来自海拔高得多的罗乌，那里一直都是天天背水。自来水无疑是新时代的象征，也解放了女人们酸疼的腰背。惹作还是不习惯随时拧开自来水管，而是用一个塑料桶盛满水。每天劳作归来，她用瓢从桶里舀些水出来洗脸洗手，即使冬天也是如此，然后让甲哈脱下尼龙袜，搓得干干净净，在火塘边烤干以后，再让他穿上。瓦岗的人们下田干活的时候，通常都穿着迷彩色的老式解放鞋，便宜还防滑，就是非常容易臭脚。很多下田的人都不习惯穿袜子，甲哈和惹作两口子可不一样，他们会穿尼龙袜。

哥哥苏拉哈很早就在外独立生活，和同父异母的弟弟苏甲哈年龄相差很大，关系不算密切。在外打工的时候，他听人说，瓦曲拖村旁边有座高出几百米的大山，村里有个十三岁的小孩在山上搭过一个简陋的小棚子，冬天守在那里放羊，天寒地冻，独自面对野兽出没。后来他才知道，那个勇敢的小孩就是苏甲哈："那时候我就在想，弟弟将来长大了，肯定不得了。"

苏甲哈从小就表现出足够的勇敢坚韧,他的聪明伶俐,在村里很难找到第二个。邻居们都夸赞他"有学问"——并非说他具备多高的学历,而是说他识文断字,写得一手好字,还会讲比较流利的普通话。村里同龄的男人大多只读完小学,有的甚至一天学都没上过。他们种苞谷、刨洋芋,脸庞晒得漆黑,指甲缝里塞满泥,没人在意未来会怎样,甚至不知道什么叫未来。

2011年,刚刚二十出头的苏甲哈担任了瓦曲拖村二组的组长。二组的规模不小,九十多户两百号人。基层干部的管理工作极为琐碎,上传下达、收电费、管生产、批评违规行为,等等。甲哈在院子靠围墙的树上挂了一个喇叭,随时播送通知。遇到重要事情,广播通知全组集合,一两百号人齐聚,苏甲哈站在高处讲话,声音洪亮、逻辑清晰,语气中满是不容置疑——谁都知道,他是村长欣赏的能人,假以时日,村长的位子就是他的。

有一次开会传达文件,有个村民顶撞了甲哈。散会后,甲哈满脸愠色来到那个人的家,堵在门口质问:"当着全组那么多人故意捣乱,你是想看我笑话吗?"男人不服,反驳说:"你苏甲哈当了个组长,旁人连一句话都不能说吗?"大概是顾忌对方的孩子在家,苏甲哈把他揪到屋外,一拳打过去,那个人就飞进了沟渠。甲哈又抄起一根木棍打过去,直到棍子断成两截,打完还朝他的身上吐了口唾沫。

侄子依呷在不远处目睹了这次冲突,他永远记得叔叔甲哈逼人的气势，要知道那个男人可是比甲哈高了整整一头。

惹作肯定也见过甲哈动手，自从来到瓦岗，她就会发现这里打架斗殴的事情远远多于罗乌。苏家聚会的时候，男人们喝酒打纸牌吹牛，提起有个人十五六岁出去赌博："赢了他就拿钱走人，输了他就拿着刀逼你把钱还给他。"说完之后马上又意味深长地提到了甲哈的小名："依龙也差不多这种性格……"

作为女性，在这种交谈中通常只能保持沉默。这里不允许女性就公共事务表达意见。之前在德古调解的公开场合，一位堂姐因为发表自己的意见，被家族的长辈各种数落，甚至"建议"她不要再出现在这种场合："哪有女人说话的份儿？"甲哈和他人发生冲突，大多数时候惹作也只能默默看着，或者打完架之后，看看丈夫伤得怎样。

除了强硬的手腕，苏甲哈也很有一些小聪明。组长有个职责，每个月要去查每家每户的电表，再把每个月漏电的费用让村民平摊。至于具体谁家摊多少，都由甲哈说了算，这样可以从电费中捞取一些油水。大家都说他脑子灵活，苏家的一个堂妹非常羡慕惹作，说："跟着甲哈，你绝对饿不着。"

听多了这样的话，惹作难免会觉得有些骄傲。

"到我家去煮点酸菜汤喝吧。"路上有人招呼惹作，这是"来吃个便饭"的客套用语。

生长在大山之中，惹作这辈子显然没享受过什么豪华盛宴。

这一年，瓦曲拖村人均年收入也就两三百元，整个瓦岗也尚未实现米饭自由。大部分时候，瓦岗人家的主食就是三种：洋芋、荞粑、苞谷。他们会把苞谷磨成面，做成混着苞谷碴的面面饭，经济条件好一点的也会买些青山大米——这种后来停产的大米口感并不佳。即使如此，甲哈的妈妈也宣布"来客人的时候才可以煮一点米饭"。

平日里，一家的饭都是惹作负责。乡村人家都是早晨和中午凑合成一顿随便吃，晚餐通常就是酸菜汤，倘若里面能放一点豆花就算改善伙食。惹作有时候会烤几个洋芋，她喜欢烤得久一点，洋芋会有软糯的口感，再调上一碗小米辣做成的蘸水，全家人吃得满头大汗，舒舒服服。如果甲哈没有准时回来，她就让婆婆先吃，自己等到丈夫回来以后，把汤和洋芋放在火塘上热一下，再一起坐下来，一勺汤一口洋芋，共同享用一顿有滋有味的晚餐。至于肉食，在重大时刻才可以吃到。请毕摩，或是逢彝族年时，才会宰杀牲畜，煮成坨坨肉，让大家大快朵颐。剩余的一些肉熏成腊肉储存，然而也不是随时都可以吃到。

为了在现有的条件下改善生活，惹作也学那些年长的彝族女性，把三种野生植物——彝语里称作"嘿拉古"的树叶（有点类似孜然）、"穆库"的根和花、"切不切克"的根——捣碎后，和盐、蒜、花椒一起拌在菜里，甚至直接作为一道菜，味道很是特别。

整个二组近百户人家，除了阿池家的一间泥巴平房小卖部，并没有什么地方可供消遣娱乐。小卖部东西不多，也就是散装的苞谷酒，以及花生、牛轧糖和方便面而已。彝人不擅长炒菜，要想吃一顿小炒，需要步行一个多小时去镇上的寸草饭店才行。

大哥苏拉哈早年在矿场工作，身体耗费得厉害，一直不太好。两口子长年累月在外打工，儿子苏依呷就交给弟弟和弟媳照顾。七岁之前，依呷一直体弱多病。家里找来毕摩，用针在鸡蛋顶端轻轻刺开一个小洞，递给依呷，让他在身上滚上几圈，顺时针绕头上三圈，再轻轻吹口气在鸡蛋里，将鸡蛋打烂。看着蛋黄在蛋清中的依附形状，毕摩摇着头说："这孩子魂不附体。"按照毕摩所说，依呷行将不治，于是家里准备好了丧服。不料转头依呷本来活蹦乱跳的弟弟开始发烧，三天之后就死掉了，年仅五岁。依呷却从此莫名其妙健康起来，家里人都说依呷是"替他弟弟活了过来"。

依呷成了苏拉哈、苏甲哈兄弟的"独苗苗"（唯一的儿子），受到了特别的关爱。惹作虽然大不了几岁，却也对这个瘦弱的侄子格外照顾。惹作一直称呼侄子的小名"依呷"，而不像甲哈那样，总是叫"里呷"这个大名。

依呷喜欢湿的也就是所谓"新鲜"的酸菜，甲哈喜欢晒干的那种，于是惹作两种都做。先准备好酸菜原汁，这大概就是彝族酸菜真正的秘诀——把彝语叫作"思莫"的一种树的果实捣碎，掺上水，淋到要做成酸菜的菜叶子上面，此后便成为酸菜原汁保留下来。这类似于做四川泡菜的老盐水，必须是上年头的原汁，才足够酸，足够入味。家家户户都会有这样一桶酸菜原汁，像家产一样代代相传。

接下来，洗干净圆根萝卜的叶子，在锅里煮上和菜叶子配量的水，根据各人对菜软硬的喜好来煮菜，好了之后揲起来。此时把备用的酸菜原汁倒进木桶里面，煮好的菜马上放进去，桶盖密封保存好，沤上一周左右就做好了，之后随时可以捞出来食用。只是这种方法保存的时间不会很长，最多也就一个月。或者把沤好的酸菜拿出来，在通风、有阳光的地方晾晒，晒干后切成小截，放置在干燥处就可以长期保存。

酸菜是彝族人的美食信仰。传说远古时代遇到大洪灾，只剩下人类的祖先"祖莫惹牛"，他娶了仙王的幺女，两人虽然生活美满，但是当时的人间，一样蔬菜都没有留下。于是幺女偷偷从父亲身边偷了圆根、油菜、白菜等蔬菜种子下凡播种。仙王一气之下就诅咒说："圆根被你偷下凡，根根会比石头重，叶叶不能充菜粮。"

神话传说并不一定符合现实生活，用圆根萝卜做成的酸菜，恰恰是彝族人万能的菜粮。凉山酸菜与其他地方的最大区别，就是制作过程中不放盐，只要那种纯粹的酸味。烹制的时候，可以在酸菜汤里放入味精、盐、猪油等来调味。彝族的酸菜汤可以搭配万物：鸡肉、豆花、各种蔬菜……夏天也可以用开水煮好直接喝，清爽开胃。有些人甚至会泡在开水里当作茶水来喝。瓦岗人离乡背井时，也时常随身携带一些酸菜干，以解思乡之情。

依呷和婶婶惹作的感情非常好。偶尔依呷馋嘴，看他愁眉苦脸的样子，惹作就会凑到他耳边偷偷地说："就假装今天家里有客人来吧，我们煮大米饭吃。"两个人头靠头，玩剪刀石头布，谁输了谁就去煮米饭。惹作还会在菜叶子里面煮几片薄薄的腊肉，不动声色塞给侄子，依呷会高兴一晚上。

有一次单元测试，依呷考砸了。甲哈拉长着脸把他一顿数落，大意是我们兄弟只有你一个儿子，你怎么这么不争气之类，话说得有些重。惹作看到依呷躲在屋后偷偷抹眼泪，问他话也不吱声，于是笑着拍拍他："依呷走呀，婶婶给你煮方便面。"

方便面是苦惹作背着苏甲哈买的，统一牌红烧牛肉面，还有老坛酸菜面，村里小卖部卖一块二一包。在2010年的瓦曲拖村，这是孩子们心目中最稀罕的零食，了不起的大餐。十几年后，依呷考上大学，在城市里也下过馆子。他开始知道苞谷除了用烤和煮，还可以做成软糯的苞谷粑粑，在柴火鸡的大锅边上烤得又香又甜；洋芋除了煮熟，也可以做成麦当劳的薯条，脆爽可口。面馆也去过不少，但他永远忘不了2010年那碗热气腾腾的方便面的滋味，还有苦惹作安慰他时的温言细语，她略带稚气的脸，以及嘴角上扬时鲜花一般的笑容。

女贞树·橘子

"喂!"

"喂!"

这是甲哈和惹作相互的称谓。在瓦岗,夫妻之间通常不能有亲昵的称呼,更要避免在别人面前显示出亲昵。在公众场合遇到彼此,最好目不斜视,当作陌生人一样,出门逛街的时候不能并行,而是需要保持一定的距离。如果夫妻总是形影不离,在当地人看来,都属于男人"没出息"的举止,会遭遇背后的指指戳戳。

新婚的第一年,甲哈和惹作恰恰就是如胶似漆,"总是打打闹闹",多说两句就笑,有时候还当街捶来捶去。亲戚邻居们回忆起这些情景,除了对年轻夫妻早逝的唏嘘,还有些说不出来的贬抑。

惹作说话带有日诺口音,甲哈说"我的"是"俺波",惹作说的是"俺微耶",甲哈说"你的"是"泥波",惹作说"泥微耶"。听上去有几分慵懒,也有几分娇憨。瓦曲拖村常有人取笑她这种浓重的鼻音，但苏甲哈很喜欢，觉得自己的婆娘乖里乖气的，像个奶娃娃。

苦惹作到过最远的地方就是雷波县，离瓦岗坐车一个多小时，步行需要小半天。在这深山中，她最大的期待就是赶集。瓦岗的赶集五天一场，逢"五"就赶，每个月六次，月份大的时候还会四号五号连赶两场。苏甲哈婚后第一次带苦惹作去瓦岗街上赶集，就相当于他们的"蜜月旅行"。

他的堂侄苏史古对那个年代的赶集有很深的印象：

从一公里开外的地方就能听闻嘈杂的人声。虽然只有短短的两条街，十里八乡的马车、货车、摩托车挤得水泄不通，还有牵牛拉马、背猪抱鸡的，农民们都准备用辛勤的劳动成果去换自己所没有的东西。人多到快要被人群抬起来。

一进入到市场，是一些针线、布匹、衣服和鞋袜的摊位；临街随意摆放着锅碗瓢盆和米花糖、红糖等物品——全都是货郎们徒步两天路程从云南黄葛树背过来的。街上的民贸公司里面陈列着各种新奇的玩意，甚至还有难得一见的黄桃罐头，总有小朋友忍不住伸手去摸一下，那些售货员就只能不友好地去喝止。

往民贸公司前行几步还有炸油果子、凉粉、炸洋芋等路边摊小吃，平时难得一见的包子，白白胖胖地躺在蒸笼上面,红糖馅的、韭菜馅的、洋芋馅的。再往上走几十米就是热闹非凡的电影院,一些留着长发、梳着中分头、穿着健美裤、扛着双卡录音机的男青年在电影院门口晃荡,他们大多没钱买上几节电池,录音机没有像电影院门口那两家小卖部里的那么响,却丝毫不影响他们那颗追求潮流的心……

可惜的是,惹作来的这一年,电影院和录像厅都没有了。越过原来电影院占据的位置,临近粮站的荒地上,就是自发形成的牲畜市场:有人牵牛拉马,有人赶着羊背着猪,还有人抱着鸡、怀中揣着蛋到处走动。那时候瓦岗还没有进入真正的"商业社会",觉得叫买叫卖是一件有失脸面的事情,市场上的人们显得过于安静,那些抱着鸡揣着蛋的姑娘媳妇,更要等有人出言询问,才红着脸嗫嚅回应。

至于牛马羊等大宗商品买卖,一般都是目测价值,不上秤,交易双方要达成一致价格,则需要一个议价的人在场。议价的人熟悉市场规律,他们总能说出上一次成交的价格是多少,根据买卖双方的接受度,据实给出参考价格。有些类似现在的第三方服务机构,成交后总能被请喝上二两醇厚的瓦岗苞谷酒,那是被尊敬的象征。同时,市场上也有自己的交易准则,比如"清早成生意,过后不反悔""病瘟牲畜、不诚实交易,都将被认为是欺诈",等等。无数的矛盾纠纷也约在赶集天来解决。但凡说不了的时候,先是拳脚相加,后是棍棒石头在手,只要不出人命,都可再次约在赶集那天解决——随时都有可能引发一场械斗。几乎每一个最热闹的赶集天,最终都走向以打架斗殴收场。

　　区公所里的干部,也总在赶场天里严阵以待。最开始是干部带着民兵、治安联防队参与维持秩序,后来民兵越来越少,就只有干部带着公安,再后来是派出所民警参与。温和些的干部就等着打完架后出场,行动派的干部会带着各级干部将斗殴双方都打了,以暴止暴。一直到2005年后,打工潮出现,斗殴的现象才慢慢变少,而缺乏了"热闹"的赶场也变得死气沉沉。

　　集市也是大型的社交场合,女人们都盛装出席,五颜六色的百褶裙飘荡在赶集的人群中,甚是好看。卖银饰的摊位逢赶集才出现,红玛瑙穿成的项链,带长长流苏的耳环,极尽奢华的头饰,应有尽有,当然价格也颇为昂贵。每个彝族女孩都会拥有自己的一整套银饰,是家里为其准备的嫁妆。当地人认为首饰上面附有生育魂,不能外送。

　　这里的男人没有给自己女人买新衣服和首饰的习惯。但苏甲哈豪气地掏出五块钱给惹作,让她想买什么就买什么。惹作满心欢喜,在几个卖衣服的摊位面前流连忘返,摸摸这个,看看那个，哪个也舍不得放下。

小卖部里，借着赶集名义来喝酒的老人披着察尔瓦，都舍不得买上一袋咸菜，刚坐定就迫不及待打开酒瓶，给自己倒上满满一杯。人实在太多了，惹作又不好意思当众牵着苏甲哈的手，急得一路都在喊"喂喂喂"。被挤得东倒西歪的惹作脚下打滑，差点撞上人群里的某个男人，男人粗鲁地推了她一把。

甲哈看在眼里，冲过来就吼了一句："干啥子？"和大多数彝族男子一样，他从七八岁就开始宰杀牲畜，一刀毙命，至于男人间硬碰硬的打斗，也是从小到大不带怕的。毕竟是在乡里，两个人没有打起来，但是惹作对丈夫维护自己的方式满心欢喜。也许就是从那个时候开始，惹作对甲哈有了一种特别依赖的情感，带着不谙世事的天真，崇拜自己的丈夫——甲哈做什么，她都觉得是对的。

村子里的老人们对集市并无好感："街上都是些什么？都是一些妖魔交汇之地。"他们会勒令年轻人，尤其是年轻女人少去赶集。但是甲哈在能力范围内，总是愿意让惹作快乐一点，他俩频繁地出现在集市上，总是肩并肩，毫不顾忌周围人的眼光，这是属于他们的蜜月。

除了赶集，新婚生活中也充斥着各种意想不到的野趣。瓦曲拖村的鸟特别多，成群结队。甲哈会挑选一种叫作"猫儿屎"的植物，果肉长得如同果冻，剥下表皮，砸碎捣烂后放进嘴里嚼，直到树皮像口香糖一样黏糊糊的，再粘到一根长的木棍上，横着放在树枝之间。甲哈吹声口哨,受惊的鸟群轰然而起,落到木棍上,一次就可以粘住六七只。

甲哈就地生一堆火,和依呷在一起欢天喜地烤着吃。惹作也吃过甲哈烤的鸟,一口咬下去嘴边满圈乌黑。甲哈看到惹作的样子哈哈大笑:"你长了胡子啦。"惹作转过脸去用袖子擦掉。"有什么可笑的?你的胡子更长。"惹作回过头来取笑嘴唇周围同样变黑的甲哈,一边在他的背上捶两下。在这寂寥的山间,他们嬉闹着,直到天空被染成淡淡的橘色。

惹作还没有褪去高山上的"野丫头"性格,始终天真烂漫。她下地的时候嘴里会哼歌。还有村民看见她一边赶鹅一边开心大笑,笑起来也不用手捂一下嘴,仰起头,把一串笑声洒得到处都是。

小夫妻也会出去走走,出行就是爬山。崎岖的山路陡峭直下,夹杂在疯长的植物之中。沿着马蹄印,姜黄色的泥路延伸向前方,隐约透出另一侧的万丈深渊。路边沟壑越来越深,倘若被纠结缠绕的树篱挡住视线,不留神就会掉进去。到了大自然之中,惹作会兴奋起来,突然拍一下甲哈的背部,然后迅速消失,过会儿她带回一把酸酸甜甜的莓果,或者一兜爬满蚂蚁的野菌。

农忙时节,惹作通常在凌晨起来,煮好一锅的荞粑粑,放凉后揣上几个,步行到一公里开外的山坡上——那是甲哈最好的几块苞谷地。下地劳作从凌晨五六点就开始。三四个小时之后,太阳节节高升,高地的强烈日照让劳作变得痛苦而缓慢。

甲哈把背心脱下来，背脊上的汗水闪着光。惹作在另一边洒农药，脸蛋被晒成酱紫色，汗水像瀑布一样淹没全身，还没有办法像男人一样打赤膊。湿透的衣服裹在身上更加难受，手指被苞谷叶子割伤更是常事。她往往用嘴嗯一下，或是用口水在上面抹一下就算止血了。

苞谷的花穗蹭到身上奇痒无比，额头掉落的汗刺痛眼睛，周身上下无一处不难受，然而劳作的人还不能去挠，也顾不上擦拭。惹作穿着解放鞋，在苞谷地里深一脚浅一脚，泥土不停往鞋里钻。雨后的湿土也粘在鞋上，走几步路就需要甩一甩鞋子，用力过猛，还有可能把鞋子甩掉。

那时候瓦岗刚普及农药，使用的人还不知道深浅，掺上水之后就直接喷洒，也没有人懂得需要戴上口罩。小半天工夫，甲哈和惹作都皮肤红肿，显得很焦躁。知了睡醒，在边上的一棵女贞树上叫个不停，声音响彻四方。洒着农药的甲哈突然举起喷头对准知了，来帮忙的依呷依样画葫芦，也对树上一顿乱喷。知了好像真的被他们击中，一下子安静了下来。甲哈和依呷为这突发奇想的鬼点子获得的成功庆祝起来，笑作一团。惹作佯装数落他们："好好干活嘛，别浪费农药！"说完之后看着他们挤眉弄眼的样子，也忍不住笑了起来。

那棵女贞树如今还在那里。盛夏时节，知了依旧在树叶中不知疲倦地叫着，而当年洒下过清脆笑声的年轻新娘，早已化为飞灰，不再被人记起。

八九月份是全年气温最高的时候，苞谷蹿得老高，植株粗壮结实，麦穗饱满肥美。收割苞谷是农家最繁重的工程，要在短时间之内，把苞谷一根根砍下来，放到马背上，再运回家。

半天下来，来回次数多了，运送苞谷的马都累得疲惫不堪，天黑时候干脆罢工，四蹄钉在原地一动不动。甲哈掰下一根树枝，猛抽马背，却被惹作瞪过来的犀利眼神阻止。惹作上前轻轻地抚摸一下它的皮毛——她总是和牲口也保持良好的关系，在她的打理下，这匹马从未长过虱子和寄生虫。惹作让马儿歇了一会儿，他们再继续往家走。

瓦曲拖村是半高山，放牧的条件不及罗乌。甲哈家里，猪牛羊都有，但惹作最喜欢那匹马，黑色鬃毛，额头上有一撮长长的刘海，喊它一声，就嗒嗒地跑过来。惹作会骑马，她甚至不需要马鞍，单手抓住马的鬃毛，就可以稳稳坐在马背上。她很少骑马，宁可走路三四个小时，因为马是家里最重要的畜力，需要精心照料。全家人辛苦种的苞谷、洋芋都需要用马运输。马是工具，也是惹作的朋友。

惹作会交代依呷，把马牵到远处的高山上，让它在草地上尽情饱餐。有一次骑马，路过的摩托车按喇叭，马受了惊，差点把惹作摔伤，她也舍不得打一下。

成熟的苞谷运到院子，堆成山，溢得四处都是。晚上左邻右舍照例来帮忙撕苞谷。挂上一盏小灯，照得院子里亮亮堂堂，围墙下面有虫子沙沙地叫，叫了一会儿就被人声掩盖了。惹作会给堂弟、侄子出一些彝族人的谜语：

"依呷，白门楼、红围墙，里面住着个红姑娘……猜猜是啥子？"

"不知道。"

看见依呷抓耳挠腮，惹作迫不及待地揭晓。

"是舌头！"

"两个鹿子，隔着一山，不能相见，是啥子？"

"是耳朵！"

"白公公，背黑豆，一路走，一路漏。这个又是啥子？"

"是羊！"

惹作总是等不及依呷多思考一会儿，就自己公布答案。为了跟上她的速度，依呷的语速也快起来，到最后两个人像在抢着说话一样。甲哈每次看到惹作逗依呷的场面，都会开心得不行。很多年以后，依呷都会记得，甲哈看一眼惹作，惹作也看一眼甲哈，他们笑到对方心里去的模样。

婚后次年，收成不怎么好，甲哈四处转悠着，有时候去苏取哈的矿场帮帮忙，有时候也打打零工，赚点小钱补贴家用。天气冷的时候，去小卖部喝一瓶啤酒，天气热的时候，就喝两瓶啤酒。

那是他们生活中最平静的一段时光，不管赚多赚少，惹作都不曾数落过苏甲哈。

有一天他垂头丧气地走进屋，说鸡蛋损失惨重，多半是黄鼠狼干的。很显然，甲哈头天晚上忘了关鸡笼。尽管惹作一句话都没指责他，甲哈还是非常自责。为了转移他的注意力，惹作编好了辫子，戴上亮色的头巾，拉着苏甲哈去镇上。

惹作说："我要吃橘子。"

甲哈说："我给你买。"

两人肩并肩回家的时候，发现熊尔各搬到依呷家短住去了——自然，这是为了给新婚夫妻腾地儿。

秋天收获之后，冬天如约而至。风雪侵袭的夜晚，村庄沉寂得连一丝生命的气息都感受不到。甲哈用火钳添着柴，有一搭没一搭地和妻子说着话，惹作会拿出一坨洗干净的羊毛，慢慢捻成毛线。金阳县的女人多是纺织高手，她们还在用最古老的方式手工纺织羊毛。惹作的头巾、衣服都是自己做的，她打算给甲哈做一件察尔瓦，厚厚两层的那种。

过了一会儿，妻子停下手中的活儿，坐在丈夫身边剥橘子，扯一瓣橘子放进他嘴里，又扯一瓣橘子自己吃。那些人前不能说不敢说的体己话，在这温柔火光下，都可以畅快地说、大胆地说、肆无忌惮地说。这里是瓦岗，夫妻情侣之间公开牵手和拥抱，如同触犯天条，但在这温暖如春的斗室里，甘甜的也不只是橘子。

野猪·《阿依阿芝》

夜色已深,稀疏的月光下,一个黑影忽地从路边蹿了出来。甲哈差点没有认出来这是一位得了夜盲症的邻居。如果不是为了打野猪,夜盲症是不会这个时间出门的。

野猪是山里人最大的祸害,它们食谱广泛,无恶不作,农作物往往深受其害。苞谷还未完全成熟,野猪群就会在夜晚成群结队而来,把苞谷穗连芯啃食殆尽。甲哈算是运气好,几块田倒也没遇到什么真正的猪害。夜盲症邻居用尽了十八般武艺——鞭炮、假人、喇叭,最后他的地还是被野猪拱得乱七八糟,本该上千斤的产量最终只有十分之一。彝族人本来非常擅长捕猎,但国家不再允许他们携带刀枪。"他妈的,连包烟钱都没给我留下啊!"夜盲症面对被野猪祸害后的庄稼,痛心疾首地喊叫。

几年之后,夜盲症邻居成为村里最早外出打工的人。他花了不少钱请山下的一个老表喝酒,因为那个人在外面有"路子"。他如愿在西昌找到了工作,然而辛苦一年之后却两手空空——老表把他的工钱全都私吞。夜盲症去找他理论,遇到对方的家族聚会,一起喝酒的叔叔上前劝解,混乱之中却被夜盲症一刀捅死。

造成这种悲惨故事的根本原因,说到底还是贫穷。就算到了二〇〇几年,人们还是只能靠种一点庄稼为生。除了野猪,霜冻、干旱、地震等自然灾害频仍,就算好年头无灾无害,辛苦一年,收入也少得可怜。

甲哈做梦都想多赚些钱,更喜欢迅速而不用花费太多力气得到的钱。瓦岗街上的小卖部,是村民的社交中心和酒吧。男人们坐在小卖部的门口,就是简单地席地而坐,啤酒的泡沫蔓延到地上,互相散一根红梅或者阿诗玛烟。甲哈会给有门道的某人买瓶酒,这个人也许就能为他提供一些别人不知道的信息。通过这种方式,他成功倒卖一头黄牛,赚了两千块钱。这样的生意虽然只做成一次,但甲哈自矜脑子灵活,好长一段时间都忍不住在众人面前各种吹嘘。这种时候,惹作的眼睛会一闪一闪,看着他笑。

时不时,甲哈会拿点钱给惹作买衣服,她终于不用像在罗乌时那样,与姐妹合穿衣服了。堂姐苦几则说:"只要甲哈兜里有钱,都会愿意给惹作买衣服。"对惹作刚嫁过来时的细节,苦几则历历在目。她也许有点言过其实——毕竟在这样的村庄里,女人和丈夫可能一辈子都不曾有过什么深入交流。因此,她特别能理解为何苦惹作对丈夫死心塌地:在瓦岗,甲哈和惹作算是仅有的大家公认的恩爱夫妻。

苦几则在十七岁的时候，和惹作差不多的年龄，从罗乌嫁过来，在瓦曲拖村生活了三十多年，生了五个孩子。她和丈夫之间没有过倾心的交谈。他们就像这里最普遍的夫妻，一起清晨下田，一起回家睡觉，整天也说不上几句话。

生了第一个孩子之后，苦几则才明白夫妻生活是怎么回事。她也对丈夫当初的"经验丰富"颇有怨言："那时候刚结婚，他整天在外面玩，有一次还带了个女的回家，把我气得拔腿就往娘家走……"

她卷了一个很小的包裹，想逃回罗乌，没走多久就被丈夫追上。跟着他一路抽抽嗒嗒回来，回家之后，继续生火做饭洗衣喂猪。丈夫和她还是无话可说，也没有和她解释什么。直到生下四个孩子以后，苦几则才彻底"不再想回娘家"。多年以来，两人在黑夜山村的土房内沉默相对，当初心怀怨念却无路可走的思绪，始终盘旋心头，挥之不去。尽管人人都说她丈夫忠厚老实，特别顾家，也就是喝完酒之后变得比较"难以控制"，而在她的叙述里，二人更像是根系纠缠却又相距甚远的两棵树。

甲哈的嫂嫂熊古则是村里少有的强势女人，她抽烟喝酒，豪爽外向，比自己的丈夫苏拉哈更显气场，脾气上来敢和头人吵架。但她一样是在少女时就被父母安排婚姻，接受彝族女性的传统命运。熊古则说，自己从小到大受到的教育归结起来就是三点：第一，女儿在爸妈身边的时候话要少，家里的事不要问东问西，多做事；第二，来了客人要笑脸相迎，礼貌待客；第三，嫁入夫家，要待公公婆婆如自己的亲生父母一样，不能顶嘴，不能大声说话。

出嫁之前，她对未来丈夫的情况一无所知。有天去很远的地方赶集，遇到个男人卖鸡，男人要六块钱，熊古则问他能不能少一点，对方坚决不愿意，两个人砍来砍去。熊古则回家还和家人抱怨，卖鸡的人做生意脑袋不灵活。她却不知道周围人全都在偷笑——他们都知道这对男女已经定下了终身，只有两个当事人毫不知情。那个卖鸡的男人就是苏拉哈。

结婚之后，不管招呼待客还是往来人情，都由熊古则主导，她和丈夫也有摩擦和矛盾，但大多数时候，她都掌握着家里的经济主导权，让丈夫言听计从——村里的人把这种女人强势的家庭关系，归结于夫妻两人长年在外打工，受到了"外面"的影响。

村里的人对此嗤之以鼻，他们觉得男人被女人"控制"是丢人的事情，在背后嘲笑苏拉哈是"妻管严"。连村里公认的傻子都认为"妻管严"很好欺负，几次三番来挑衅。有个脾气古怪的老头，喝了酒就站在家门口骂外出打工的女人，说她们不守妇道。"啥子世道，肯定是出去卖的！"他一边骂，一边恶狠狠地吐着唾沫。

没人的时候，惹作会哼起《阿依阿芝》这样的传统歌曲，依照曲调即兴唱些现编的歌词：

  阿依喏阿芝呀，
  荞麦出土的季节到来了，
  阿依喏阿芝呀，
  来了怎么归去呀……

  她的哼唱明快开朗，就好像那不是一首悲伤的歌。瓦曲拖村的妇女很少有人干活的时候还这么高高兴兴的，春天松土播种、背粪堆肥、犁地翻土，她们行进在苞谷地里，如同一只只蜗牛缓慢而吃力。特别繁重的力气活儿，男人会一起干，更多的时候，地里只有女人的身影。遇到干旱天气，还要一趟趟地从附近的水源分布点背水。

  农忙时常常顾不上吃饭，只能煮上一大锅洋芋，随便抓几个揣在身上，干活累了掏出来啃两口。结束一天劳作，男人收工休息，女人还得赶回家喂猪，由于过度疲惫，晚上也将就着吃几个冷洋芋，还有精力，才会煮上两三天分量的苞谷面，再烧个酸菜汤。有时候荞粑粑都算奢侈，毕竟磨粉揉面都需要时间——基本没有辅食，非要说什么是菜，那一小碟辣椒蘸水就是。

  女人日常还需要打猪草、做饭、洗衣、缝纫、伺候牲口、背柴火、照顾小孩，日复一日，琐碎的事务不计其数，有相当一部分都是不被看见的"隐性劳动"。村民的聚集点——小卖部,总是有男人在此打牌赌博、喝酒吹牛,但这种地方,从来都没有女性的身影出现。

甲哈并不情愿分担家务,尤其是外人在场的情况下,宁愿看着惹作累得满头大汗,也绝对不可能当面去帮自己的婆娘。就算惹作抱怨,他也无动于衷——在瓦岗,这事关男人的面子,唯有女性的辛劳理所应当。

村里很少有人家会在自家院子里修厕所。女人月事来了,只能钻到屋后僻静树林中,用粗糙的黄纸抵挡一下。卫生巾是奢侈品,只有镇上才有。瓦岗的丈夫绝对不会替妻子买卫生巾,据说这种行为会给家里招来"不祥"。女人月事期间,没有任何特殊对待,该干活干活,该背柴背柴,即使是大冬天,也照常把手浸入冰冷的水里,搓洗一家人的衣物。

家族聚会的时候,吃过晚饭,男人们聚成一堆,女人们则聚到另一堆。老一辈被子孙围绕着背诵家谱,梳理辈分,分享祖宗的传奇经历。惹作家里所有的迎来送往,几乎都是相似的场景:男人们坐在院子里,喝着啤酒聊天。这时候却是惹作和熊尔各最忙碌的时候,尤其是惹作,一天下来比干农活还要累。熊尔各一旦在这种时候找不到儿媳妇,无须她抱怨,第二天"懒媳妇不干活"的闲话,也会传遍整个瓦曲拖村。

在这样的聚会上,不会有人知道惹作唱歌好听,也从未有人听她吹起过口弦。家族聚会是属于男人的社交场合,不会有女人在这种场合出风头。

村里的人都评价说,甲哈对惹作很好。在这里的"好"只有一个意思:他不打老婆,或者说,至少不会公开地打老婆。在瓦岗,"家暴"这个词没有人听说过,但女人没被丈夫打过的比例小得惊人,轻则推搡,重则棍棒。只要没被打死,那就整整衣衫理理头发站起来,哽咽着继续牵牛喂鸡、劈柴做饭。

距离瓦岗撤县过去五十年,雷波全县通车也已经十年,瓦岗还是只有一班大巴前往县城,这里依旧闭塞得如同孤岛,更没有人对打老婆这种事情大惊小怪——千百年来,不都是这么过来的吗?

"苏菲"·鲁阿朱的药方

从地图上看,瓦岗深陷在群山之中,境内有普妈、及尼补、沙玛莫伙波、马俺、阿火瓦坨、哈嘎、者隆巴杰山等,此外还有更多地图上并未标注且只有彝语名字的山峰,共同环成曲别针的形状。这些山外面,是铺天盖地的更多的山,许多此地的老人,一辈子连其他相邻的县城都没有去过。如果有人要去趟雷波县城,全村都会知道消息,提前列出购物清单,委托代购。

对惹作来说,唯一不能带过来的就是对罗乌的想念。"我想家。"她不止一次对自己的丈夫说。当她嫁到瓦岗之后,才一次次体会到那首歌的准确含义,阿依阿芝为什么那么想回家,哪怕付出生命的代价。

在回娘家这个事情上,甲哈总是会敷衍惹作。

按照传统,惹作在婚礼仪式之后,在瓦岗待几天,就要回一次娘家。后面相隔两三个月再回一次娘家,隔一段时间再回去一次。每次回娘家的时候,丈夫理应给个一千块钱,再给买点酒水糖果带上，但是不管惹作如何哀求、生气、唠叨，苏甲哈就是不松口。

没有人知道甲哈为啥不让惹作回家，在长辈眼里，苦惹作最大的优点就是"乖得很"，字面意思是没有什么好奇心，不招惹麻烦，但其实就是"顺从"的意思。和外来媳妇一样，惹作一年到头劳作不停，从来没有歇息，下田、做饭、喂猪，出太阳的时候晾晒酸菜，雨天缝补擦洗。如果不是死得早，她会一直劳作到两目昏花，一头白雪。

有一天本来晴空万里，突然狂风大作，整片的乌云包围过来，天色倏忽之间暗得如同夜晚。惹作夫妇来到地里，苞谷秆东倒西歪，根部都翘了起来，扶都扶不回去，需要重新用泥土填满，再拿锄头夯实。

"不知道是冲撞了哪位神灵了。"婆婆熊尔各为此忧心忡忡。惹作不小心摔了一跤，没当回事，只是有些头晕。第二天起床发现，身体一侧有块乌青，人也恍恍惚惚，出门一屁股坐到了邻居小孩子刚刚拉过屎的小凳子上。

出身毕摩世家的熊尔各觉得这些现象都是"苏菲"，也就是不好的征兆。彝族传统认为自然界的征兆可以预示吉祥与否：鸟屎落在头上，狗当众交配，母猪吃掉自己的小猪，这些事情都会对人产生影响，应该找毕摩做仪式消除。

惹作躺在硬板小床上，熊尔各先是拿起斧头，砍下一棵彝语发音"池地"的树的枝条，砸成粉末，再掺入捣碎的叶子，制成扭伤药膏，给惹作敷在痛处。

熊尔各念叨着等几天惹作恢复了，需要去请毕摩。一位邻居也给了一个传统治疗方法：剖开怀孕的母猪肚子，把胎胞里的小猪取出来，把羊水加醋和盐下锅煮滚。据说这是恶魔鲁阿朱留下的药方，能够治愈哪怕最严重的内伤。邻居有个瞎子叔叔从山崖上失足滚下来受了重伤，就是吃了这味药才恢复如初。

彝人认为世间万物都有"灵"，若不慎惹怒主宰大自然的神灵"母而母色"，就会受到惩罚，就会发生疾病、瘟疫，就会导致狂风暴雨、山洪、冰雹等极端天气的袭击。

百草坡附近有个石包，形状酷似一位披着披毡而坐的"新娘"，人们把它称作"鲁阿姆里惹"，意为"大山的女儿"。老人们都说从前遇大旱久旱之年，有人将不净的东西放在石像上，结果立刻风起云涌，暴雨如注。

还有个故事讲的是四十几年前的一个夏天。

雷池乡所期村的村民，头人拉纳的直系三世孙和另一村民被生产队派到百草坡山脚下看守该生产队的一片荞麦地。该轮换的当天，两人上山砍了杉料回家，当晚狂风暴雨，苞谷大面积倒伏，农作物受灾，损失严重。愤怒的村民认定是他俩砍伐杉木，惹怒山神，导致天怒人怨的结果，把他俩五花大绑,并扛着他们所砍的木料,绕村一周示众,以示惩罚。①

所有的禁忌都有来源,对于奇怪的"秘方",惹作不知其然,也不知其所以然。她只是遵从从小到大受到的教育:一个女人应该听从父亲的指示、丈夫的指示和婆婆的指示。她是苏家的儿媳妇,就算婆婆熊尔各让她吃下一头活的小猪,她也会毫不犹豫地照做。

来到瓦岗久了,惹作交到几个朋友,他们大多是苏家各房的兄弟姐妹。堂姐苦几则的儿子们,年龄和惹作差不多,和她聊得最好,在一起时总是说说笑笑。有天他们故意学她的罗乌口音,惹作从田里拔起一根苞谷秆追打他们。不到半天工夫,这件事情就被堂姐知道了,狠狠地教育她半天:"你是结了婚的人,不是小孩子,要注意自己的身份!现在你婆婆知道了,她虽然嘴上不会去说你,满村的人都会指指点点!"

熊尔各对惹作这种大咧咧的"不懂事",也有意见,但她不会直接说,而是敲打儿子。甲哈只是微笑听着,自己消化了算数。偶尔转过头悄声对依呷说:"将来有一天你娶了老婆,如果你妈妈有抱怨,你听着就好了。"

---

① 引自苏家家支内部研究文章《猎手与猎物》,作者苏阿体。

在男性占绝对话语权的瓦岗，甲哈的这种"包容"其实极其难得。村里的人都晓得出身毕摩世家的熊尔各有多彪悍，因为听不见，她很敏感：偶尔听不清别人说什么，又疑心人在说她的不是，就会满脸不高兴。喝点酒就会扯着嗓子，把大儿媳妇臭骂一顿。

2002年，头人家做过一次"送祖灵"仪式，送了五个祖宗去到兹兹普乌。请了三个大毕摩和一个毕摩学徒，进行了三天三夜的仪式，甚至还安排了赛马助兴。那是瓦岗近年以来最大的一次仪式，花了三万多块。整个瓦岗都充满羡慕。"看看人家的子女，啧啧。"熊尔各不止一次对惹作和甲哈感叹。

熊尔各唠叨这些事情，无非就是希望甲哈和惹作可以孝顺她。如她所愿，惹作在家里更像是一个受支配的孩子，从没有人见过惹作顶撞婆婆，人们都说"她就是个听话的娃娃"。

很快就放晴了，从屋外望出去，能轻易地看清楚远处大山褶皱间的村落。那些小房子的屋顶像银白色的种子，在阳光底下闪闪发亮。蝴蝶扇动着金色的翅膀，掠过杂草，停在油菜花漂亮的花瓣上。惹作已经把厚外套除掉了，抖擞地洗了一大盆衣服的时候，甲哈正好回家，也把几件衣服扔给惹作，和她开玩笑："你倒是也给我洗洗啊。"

晾好衣服，邻居女人过来邀惹作一起去镇上看看，又到了瓦岗赶集的日子。于是惹作站起身看看自己的裤子，把裤腿往下抻抻，好像那里永远都有平整不完的褶皱，又特意把胶鞋上的泥擦了又擦。她出门之前总是有类似的仪式感，只是这里的人们不知道"洁癖"这个词。这时候如果探出头看看，能轻易地望见邻居家的那辆二手的旧拖拉机停在路口，随时准备出发。

惹作不知道丈夫赚多少钱，也不清楚家里的吃穿用度需要多少。像这里绝大多数的女性一样，惹作没有一分私房钱，从来都是伸手跟甲哈要家用。甲哈并不是有求必应，心情好的时候才会不假思索，但如果不想给，就会置若罔闻。

"喂，我要去赶集。"惹作对男人说。

甲哈懒散地靠在牲畜栏旁，把眼睛放在了别处，默不作声。惹作脸上泛起了一点红晕，看了看院子里喂好的猪、晾晒的衣服和酸菜，又有了勇气，伸手拽了拽甲哈的衣袖。

甲哈说："今年的苞谷种子还没买，明天要去三叔家赶人情，还不知道这点钱够不够。"他缓慢拿出兜里的五百元钱，拇指蘸着唾沫，数了一遍又一遍。

"我不用那么多，"惹作跺了跺脚说，眼睛瞟一眼门外，"给我一点钱就可以，我沾阿牛老婆的光才可以搭车……"声音带着一点点催促的味道。

甲哈把钱一股脑塞给她："给你，都给你。"又加了一句话："这日子过不过了？"

惹作脸涨得通红，看了看依呷，又看了看甲哈："不要你的钱！"她把钱扔到地上，夺路而逃，还在院门口的门槛上绊了一下。依呷疑惑地看着那道矮小的木头门槛，比地面高不了几寸，甲哈把脸转向屋檐，气氛并不美妙。

惹作错过了拖拉机，她花了一个小时独自走去镇上。身无分文的她什么都买不起，逛了小半天才回家。只有婆婆和依呷在家，甲哈不知道是不是又找堂弟喝酒吹牛去了。惹作继续去干活，背着整筐的猪草回家，喂完猪，又喂完鸡，再煮上酸菜汤，招呼家人吃饭。

甲哈回家的时候，天都黑了，端起剩下的酸菜汤喝了一碗，又从兜里掏出两个橘子，有点瘪，但胜在个头大，他一声不吭地把它们放在床上。

"你去镇上了？"惹作忍不住问他。

"没有。"甲哈摇摇头。

"那橘子咋子来的？"惹作问。

"路上捡的，顺手抄在兜里。"甲哈只字不提是给谁的，把吃干净的碗扔给她，"去洗碗咯。"

惹作早就忘记生气的事情了，又笑眯眯地冲依呷说："咱俩一人一个。"

像这样的场景还有很多，两个人如果有了矛盾和争吵，甲哈随便买点小东西，也不用道歉，就能换来妻子的包容。这种时候他们互换了角色，惹作仿佛成了大度的姐姐。在瓦岗，一般来说没有男人哄女人这回事，看多了男人们的肆无忌惮和婆婆孃孃们的黯然神伤，女人们都会以为，这就是婚姻生活的一部分。

黑彝的糖·出凉山

村民吉克午作至今记得2011年的一件事。大白天，他一个远亲家里传来震耳欲聋的声音，吼得像杀猪。村里好事的人前去打探，发现原来是买了新的落地大音响。这位远亲是村里最早贩毒的人之一。他得意扬扬地站在大门口，在音响暂停的间隙，热情地招呼路过的邻居："进来吸一口啊！"吉克在之后和别人提起这事，人们的目光里都充满了说不出来的艳羡。

这是瓦岗第一批因毒品发财的人家。此后村里第一批买摩托的、换大电视的、买手机的，都是这批人。

从历史来看，毒品在凉山并不是什么禁忌之物。在整个20世纪上半叶，凉山地区是中国最主要的鸦片产区，土司和黑彝贵族依靠鸦片贸易获得了大量的财富。民国时期苏家最兵强马壮的时候，纵横几十公里都是苏老肥的鸦片庄园，彝族歌谣里面曾有描述："庄稼比腿粗，花草变黄金。"[1]

---

[1] 引自苏家家支内部研究文章《苏老肥动荡时期的自由者》，作者苏史古。

1950年代，国家政府部门进行的凉山民族调查报告指出，五至八成的当地人都种植鸦片，五到六成的居民有吸食鸦片的习惯。1949年以前，瓦岗地区种植鸦片非常普遍，几乎家家户户都种，占农业总收入的五分之三。[1]对于彝族社会而言，鸦片价格昂贵，无疑是新奇的奢侈品，吸食鸦片象征着社会阶层和财富地位。凉山一直有句谚语："鸦片是土司和黑彝的糖。"

1990年代，凉山地区的青年人接触到海洛因时，称其为"yeyi"，这个词语最初的意思就是"鸦片烟"。在很多老一代彝族人的眼里，鸦片烟并不算有害的物质，而是能治病的良药和有面子的奢侈消费品。凉山彝族社会对鸦片的正面记忆，让年轻人对海洛因并无防备。1990年代，海洛因被出外讨生活的彝族青年带回凉山。此后十余年间，为害甚烈。

甲哈生性喜欢热闹，对新鲜事物充满好奇，绝大多数的农人，一辈子老实安分待在田里，他却时常步行到镇上，喝酒结交朋友，成为有名的社交达人。

在哥哥苏拉哈的眼中，弟弟聪明勇敢，但不够吃苦耐劳。侄子依呷却觉得叔叔有积极改变生活的一面，他看到过甲哈尝试过很多赚钱的方式，甚至会花钱得到赚钱的信息，只是在瓦岗这样的地方，工作和赚钱的可能性实在是微乎其微。

甲哈尝试过出去闯社会，小学毕业那年，连点干粮都没来

---

[1] 引自《凉山彝族自治州金阳县、瓦岗县、甘洛县概况》，中国科学院民族研究所四川民族调查组编，1964年。

得及带，步行三个多小时到雷波县，乘人不注意爬上一辆大卡车去了成都。可是一个没有学历汉语也不好的彝族少年，能找到什么工作呢？身上还没钱，只好天天躲在卡车底下睡觉。

一些找不到工作的青年去了成都的火车北站，伙在一起偷窃抢劫。彝族本来最痛恨偷窃，甚至超过了杀人，但是这些年轻人认为，只要不是偷彝族人的东西，那就不算做坏事。甲哈在成都街头混了三个多月，始终守住底线不偷不抢。他也看到过有人摆块牌子蹲坐在路上乞讨——这可不是甲哈做得出来的事情。幸亏同村有个人要回瓦岗，就把他也带上，灰溜溜地回来，居然还从兜里掏出两袋爆米花，像是那几天就是靠吃这个维生。从此，甲哈也便死了那条外出闯荡做大事的心。

这个经历，他只有一次喝多了酒对依呷说过。"和外面的世界相比，我们真就是所谓的'井底之蛙'。我第一次和爸妈去山东打工，走在街上看见红绿灯都吓坏了，不知道该怎么办。"依呷明白叔叔的努力和困惑，走出凉山实在是太艰难的过程。

甲哈有苏家的骨头和组长的身份，还娶了个漂亮老婆，谁都知道他是骄傲的，他也不允许自己落后于别人。2011年，也就是甲哈在村里担任组长的第二年，苦惹作的几个堂弟把他带进了毒品的圈子。然后，他就成为瓦岗最早骑摩托车的人，第一批拥有手机的人，一时间特别有面子。

惹作知道甲哈贩毒的时候，和他吵了一架。她听村里的人提到过，这是和鸦片一样的东西。那天甲哈回家，给她带了一包橘子，以为像以前一样，老婆会破涕为笑。看她还是闷闷不乐，甲哈就把自己要迅速赚大钱的愿景讲了一番。

毒品价格高昂、利润丰厚，苏甲哈的兜里迅速鼓了起来。在瓦岗，即便是做点买卖的殷实人家，最多也就揣个几十块。那一年，甲哈每天身上都会有五六百人民币，简直是神话一样的存在。那也是苏甲哈一生的"高光时刻"。

过了些日子，甲哈底气十足地奔赴雷波县，径直来到家用电器行，掏出来整整四十张红票子，抱回来一台三十五寸液晶电视。左邻右舍听闻，纷纷来看热闹，赞扬这台电视机款式最新，尺寸也是全村最大。甲哈拿着遥控器教了惹作半天，如何搜寻彝语频道。每个初次拥有电视机的人都会沉迷于这神奇的影像世界，很难说惹作没有想起在县城初次和电视机邂逅的经历。邻居家也有电视，但是惹作从来不好意思去别人家蹭电视看。这下好了，她可以看各种节目，想看多久就看多久。

买了电视之后，甲哈又买了带调音台的落地大音响、全新的摩托车。家里置办的东西越来越多，越来越高级。惹作的衣服也越来越多，她终于不用在赶集时摸着衣料考虑再三。如果有人问到她衣服的价格，她也很乐意咧着嘴告诉别人："不清楚，是自家男人花的钱。"头巾，也能一口气买好几条，再不需要自己手工制作。太阳好的时候，惹作在院子里牵上一根铁丝，晾晒洗好的衣服：蓝色的、紫色的、红色的外套，还有牛仔裤，越挂越多。五颜六色的衣服像一面面旗帜，滴落的水珠在阳光的照耀下闪烁着微光。

惹作和甲哈到学校去看依呷，临走时甲哈顺手从兜里掏出五十块钱，塞到依呷手上。那时候的小孩子哪里有过这么多的零花钱，教室窗户探出许多小脑袋，眼睛里满是羡慕。

镇上没有什么像样的饭店。一个熊家的女孩去县城餐馆打工，2006年回来开了个小馆子，取名"寸草饭店"。紧挨着镇政府机构，专门做政府、派出所等单位的生意。寸草饭店能炒很多种家常菜，只会水煮的彝族小馆子完全不能与其相提并论。

寸草饭店最出名的拿手菜是红烧鸡肉。和彝族平常做的坨坨鸡做法不同，里面放足了葱、姜、蒜和豆瓣、料酒——这是典型的汉族做法，加上洋芋一起烧，油水也给得很足。不过寸草饭店的价格在当地人眼中算是贵得离谱，除了机关单位的公家人，其他能够光顾寸草饭店的人，兜里肯定得有两个钱。

平时，甲哈和惹作根本不会在镇上吃饭。那天甲哈把惹作拉进寸草饭店，拿过菜单熟练地指了几下，很快端上来一盆烧鸡肉和一道炒青菜。鸡肉鲜香美味，惹作和盘子里每一样看不出颜色的佐料搏斗半天，吃得小心翼翼。结账的时候听说要一百块钱，她心疼得回到桌前，把盘子里的豆豉都拣出来吃掉，咸得回家一直喝凉水。甲哈看着自己的婆娘，哈哈大笑，后来还把这件事情当作段子，讲给家里人听。

甲哈没有钱包，也用不惯钱包，惹作给他缝过一个布包，可以贴身背的那种，但他还是习惯把钱随手就塞进兜里。有段时间是他"事业"的高峰期，经常顾不上回家吃饭。任谁回忆起来，都记得他那时候意气风发，走路都恨不得跑起来的模样。

惹作渐渐对这些非法所得没有了什么抵触，她的脸上也渐渐多了些矜持的表情。很多年以后，村里人也对惹作有微词："当初她男人贩毒的时候她确实反对，但赚了钱之后还不是跟着享受……"说到底，他们普遍认定她"管理男人的能力不行"。

有天惹作在外面割猪草，甲哈做完"生意"后回家，顺手就把衣服裤子扔进洗衣盆里，后来才想起没有掏兜，连忙把浸湿的钞票捞出来，摊在院子里晾晒。惹作回家推开门，红色的钞票铺满了院子的水泥地面，百元大钞左一张右一张，无边无际。

依呷傻了眼站在一旁，惹作则把球鞋脱下来，拎在手上，生怕踩到这红色"地毯"，破坏了平生未见的大场面。

斧子·命

  2012年初，惹作身子变得沉了些，她毕竟还只是个十几岁的少女，并没有在意。婆婆熊尔各是过来人，敏锐地发现了她身体的变化，问她："是不是有了？"她没敢完全确认，直到看到自己的小腹真的一点点隆起，才把这件事情告诉了丈夫。

  这是甲哈结婚以后最开心的一件事情。这时他已经二十二岁，身边同龄的男人差不多都有了一儿半女，男人之间也会吹嘘自己的孩子如何可爱、如何健壮。在传统观念里，有孩子的家庭才算得上是独立的家庭。甲哈非常喜欢侄子依呷，也希望可以有个自己的男孩光大门楣，做个顶天立地的男子汉。只是此时的他，已经从贩到吸，染上了不可控制的毒瘾，即将滑向无尽的深渊。

  最初接触毒品，甲哈的目的很简单，毒品利润高，可以飞快地赚大钱。但是常在河边走，哪能不湿鞋？吸毒贩毒的人经常伙在一起，不可避免会沾染毒品："尝一口吧，不要钱……""吸上一口，快活似神仙……"毒品最大的危害就是极强的致瘾性。就这样,甲哈渐渐染上了毒瘾。从此以后,他的生活交际几乎全和毒品关联在一起。

这里的年轻人似乎把吸毒当作了"成人礼"的一部分。毒品价格高昂,吸得起说明有钱,人前就有面子。很多人追求时髦或者想要撑面子,都会吸上两口。吸毒人群迅速蔓延,从年轻人到老人,甚至学校的学生都开始吞云吐雾。瓦岗当时可以购买毒品的地方比小卖部还要多。毒品泛滥的另一个恶果,就是吸毒方式从吸食变为静脉注射,而交叉注射又导致艾滋病广泛传播。当时瓦岗感染艾滋病的年轻人,比比皆是。

甲哈家底不厚,本来就没有多少积蓄,贩毒赚的钱随手来随手去,根本抵不过越来越严重的毒瘾所需。有天早上惹作起床,看甲哈在房间里东摸西找,知道他又在找钱去买毒品,气得拎起一把斧头扔在他面前,终于忍不住说了几句类似"你要是再去吸毒,不如把我劈死算了"的话。甲哈拿起斧头,径直走出屋外,在院子转了一圈,当着全家的面,一把劈到地上,头也不回地走掉了。

从那之后,夫妻吵架成了常态,沉溺于毒品的甲哈什么都顾不上了。只要毒瘾犯了,就会毫无顾忌地拿起锡纸,甚至时常当着依呷的面吸食,那种癫狂的样子让依呷至今想起来仍心惊肉跳。依呷后来曾经给雷波彝学会写过一篇名为《毒品的危害》的文章,他在里面这样描述:

搞得妻离子散、家破人亡，人不像人、鬼不像鬼，毒品，就是我们最大的敌人！

一个人只要染上了毒瘾，他就跟其他任何人都不一样了，如果有足够的毒品吸食，他就精神百倍，而一旦离开毒品，他就精神全无，满脸憔悴，萎靡不振，连擦鼻涕的力气都没有。他们的家人却每天都遭受着痛苦，他的妻子走到哪里都会被人指指点点，他的父母每天都会遭受到来自同龄人的嘲笑、奚落，他的孩子，每天都在学校里面脸面扫尽，饱受委屈，这一切的一切，都是毒品造成的。

依呷写下这段文字的时候，心里想的就是叔叔苏甲哈。沉迷于毒品的甲哈变得沉默寡言、神思恍惚，除了吸毒，他再也无法专注地去做任何事。家人和他发生过一次又一次的争执，但是这样的劝阻根本不会影响他出门的决心。毒友们这个时候对他也挺"友好"，一起贩毒赚钱，拿到纯度高的毒品，还会不分彼此地凑在一起过瘾。

这样的事情变得普遍起来，为了吸毒，把家里的东西拿去典当的人比比皆是。瓦岗上下都意识到，毒品简直是比恶魔鲁阿朱还要可怕的东西，一旦沾染上，会导致家破人亡。

惹作婚后不久，也有一个漂亮女人从外村嫁来瓦曲拖村，只是不在同一个组。婚后男人在外面打工，过着"一人吃饱，不管全家"的生活，不但没有给过一分家用钱，还染上了毒瘾，但是村里人念叨的，都是他的好脾气。后来，男人去蹲了几年监狱。出狱那天，被车放到公路上，女人独自一人步行下山去接他。傍晚传来消息，男人服毒死了。根据女人的转述，男人觉得生活没有指望，走到中途把女人绑住，喝药自杀。村里的人私底下传言，可能是女人狠心，把男人绑在树上，喂他吃下了百草枯。

苏甲哈尝试过戒毒，也有几次接近成功，更多的则是头天尝试戒断，第二天就又开始复吸。有人认为这是惹作纵容丈夫，也有人评论惹作对于甲哈"不够狠心"，管不住男人。在当地人的观念中，丈夫的行为出格或者不学好，主要是妻子没有管好他。这当然是站着说话不腰疼，那段时间惹作情绪非常低落，流了很多泪。她并不知道女人在怀孕以后激素水平会产生变化，还跟邻居抱怨："好像身子没以前好用了。"

这绝不是怀孕的好时机，但是十七八岁就生孩子在这里是再正常不过的事情。彝族特别重视子嗣，最忌惮的就是不能生育，女性无儿无女的，彝语称为"给莫"，意为绝嗣，这是一个备受歧视的词。和人吵架时，最狠的话就是诅咒对方"无后"，意味着无人为其养老送终，无人为其超度亡魂，葬礼的时候，尸体抬到葬地都不能放在肩上抬，只能放在膝下抬去，还要在火葬时打烂一块磨石，放在火堆里一并烧掉。

熊尔各也不止一次提起村里的牛库石打，他是"捡骨人"，也就是火化师——火葬时等着骨灰烧到最后的人，一般由无儿无女的人来担任。虽然他看上去逍遥自在，甲哈妈妈却总叮嘱儿子多给他拿一点猪头肉，多关照他一点。"他这样的人，没有后代，都没有资格去见祖先，也不会有人祭祀他，很可怜的。就连他的竹灵，都只能附带着挂在家族里别的老人那儿，才能跟着享受一点祭拜。他又怎么可能去得了祖灵地哦，造孽啊造孽……"

这就是当地女性耳濡目染的生活境况，生育为大，只要结了婚，没有怀孕就是女人的错。么西阿莫住在比瓦曲拖村高一个山头的村子，她最小的儿子是2007年出生的，直到2010年她才见到政府免费发放的避孕套。在此之前，么西阿莫对于"避孕"这个词闻所未闻，她也从未受到过这方面的任何教育或者指引。

第一次结婚，丈夫比阿莫小六岁。他死后，家里的长辈做主，让她转房嫁给了前夫的亲弟弟，小她十一岁的阿西石者。这样，么西阿莫就可以不用离开阿西家，她和死去丈夫的孩子也不会没人管。此种转房婚姻在彝族传统社会比比皆是。

两段婚姻里，么西阿莫是既当爹又当妈，既当妻子又当母亲。两个男人都吸毒，都不听劝，第二个丈夫甚至还经常为了毒资动手打她。她依然干活、怀孕，又生下两个孩子，直到被第二任老公传染了艾滋，前两年，她最小的儿子也检测出来艾滋病毒阳性。

么西阿莫在少女时代也曾经有过憧憬，想要嫁一个又高又帅，会照顾人、体贴人的男人，但"这就是命"。她找毕摩算过，在毕摩神秘的经书上，似乎把这个女人悲惨的一生提前预告完毕。丈夫死后，她为他洗净脸，送走他，从此把往事留在肚子里。她一个人带着孩子们，平静而又麻木地生活，只祈求能够活到他们长大成人、成家立业。

对于类似的事情，彝语有专门的表达，要么是"吉尔阿博"——感叹一个人没有受到家神护佑，要么就是"莎库阿博"——没有受到命运之神眷顾。在大家的描述和形容中，么西阿莫嫁给这样的丈夫，染上艾滋，都是因为她既没有家神护佑，也没有命运之神眷顾。

她记得小时候，常常听到母亲嘴里念诵"阿普瓦萨"，祈求祖宗保佑，多年以来，这句话也成为她的口头禅。然而，祖宗似乎从未听到她的祈祷，不然亲生母亲不会离开她的父亲，从此一去不回，她的两任丈夫也不会先后死去。么西阿莫说，她感觉自己是从来都没有被护佑过的人。

惹作的堂姐苦几则也算过命，会有五个孩子，她也确实先后生了五个孩子。漫长的生育过程仿佛无尽的刑罚，有段时间甚至肚子里怀着一个，背上背着一个，手里牵着一个。生育不停歇，劳作也永无停歇，孩子还没满月就开始干活更是常态。苦几则从来没有安过节育环，没用过避孕药具，毫无抵抗地接受着命运所有的馈赠，哪怕这种馈赠里饱含着血与泪。按照当地的政策，彝族可以生育三个孩子，她的第四个孩子是个女儿，算超生，被罚了七百块钱。2001年左右，她怀上第五胎，两个月就被计生委发现拉去流产，之后没多久，被罚了七百块的小女儿也夭折了。

与生育相比，流产带来的痛苦更大更深，除了身体上的，还有精神上的巨大压力。毕摩经书上说：堕胎而变成鬼魂的婴儿鬼戾气最重，因为它还没感受这个人世就被带走。这样的"罪孽观"深入人心。千百年来，无数的彝族女人从没有考虑过"不生"或者"堕胎"，在她们的字典里，这些词压根就不存在。计划生育那些年，她们为了拼一个儿子，遇到计生委干部检查，甚至可以躲进深山里，长达数月都不在话下。

瓦岗熊家毕摩第二十代传人熊古日，是位九○后的党员，他受过现代化的教育，做过小学老师，认同的是科学和理性。他把毕摩的算命、做仪式形容成"一种传统"，让他感觉无奈的是："这里的人说起任何事情，就觉得是运气，是命，没有别的解释。"

对惹作、苦几则、么西阿莫这样的女性而言，无论是地震、泥石流、他杀、自杀、贫穷、被欺凌、被侮辱……所有她们掌控不了的事务，都是"直儿莎库"或者"莎库"，她们被看不见的"命运"，绑缚在铺天盖地的大网之中。

钻牛皮·黑舌头

小时候惹作几姐妹围着阿母追问：为什么女人要生孩子？阿母只是说，每个女人都要经历这一遭。阿达也说过，生孩子，不过和季节来临，荞麦熟了一样，是大自然掌管的事情，并没有什么特别的。怀孕后的惹作睡眠不是很好，整个孕期都没有发胖，看背影还是个纤细的少女模样，只有正面才能看到隆起的肚子。

怀孕进入中晚期，惹作整天无精打采，有时候又显得很烦躁，她三天两头挺着大肚子去找甲哈回家，旁人看着都心疼。冬天有时候会停水，甲哈也不在家，她只能自己扶着腰打水。甲哈仍旧在外面鬼混，永远都只会说自己在外面"做事情"，可是哪有什么正经事情可做呢。惹作早就知道，甲哈的组长职务已经被免去，所谓"事情"肯定和毒品相关。结婚之初的甜蜜消失了，不久前小夫妻肩并肩逛集市的情景，仿佛成了遥远的记忆。

睡眠不好，睡着了又特别沉。有天起来得晚，婆婆指给她看，鸡窝被黄鼠狼洗劫一空，不仅鸡蛋全没了，就连那几只肥母鸡也仅剩下几根鸡毛。

有时候依呷过来看望，婶婶惹作就像晒干的酸菜一样，失去了水分，被遗弃在家里。就连那只经常露出肚皮晒太阳的黄狗，也瘦成一根柴火的模样。

黄狗的出现是个意外：那几年，成年男子大多沉溺于毒品，无力护卫家园，瓦岗成了盗贼眼中最热门的目标，总有人来偷盗财物。瓦岗附近的山头被一帮犯罪团伙把持，小偷经过那里，也被劫持，小偷求饶："我们身上啥子东西都没有，不如你们先把我们放了，等我们去瓦岗偷点东西，就立马过来孝敬你们……"瓦曲拖村自然也不能幸免，瘾君子破罐破摔，外来人顺手牵羊，整个村落陷入不安全的状态。从前"夜不闭户"的习俗被打破，大家都谨慎地给大门加上铁锁，有的人家选择养狗看家护院。在彝族看来，偷鸡是最令人不齿的事情——"可是那些人为了吸毒，甚至连鸡都偷。"

黄狗是甲哈一时心血来潮抱回来的，或许是纯粹跟风，或许是因为自己总不在家，对惹作心有愧疚，聊作陪伴。村里人家养狗很随意，并不拴链子戴狗绳，狗子白天满世界跑，晚上回家吃饭睡觉。甲哈经常一出门就是三四天，惹作大着肚子干农活，喂完猪和鸡，吃完饭，转身看狗时，它已经饿得跑出去自己觅食。如是多次，饥肠辘辘的黄狗也就不再回家。从不被人挂念的黄狗就那样凭空消失了，连个名字都没来得及取。

黄狗也就是普通的土狗，颜色普通，个头普通。即使是现在的中国乡村，路边渠旁也随处可见。有人豢养和没人豢养的，望去也都差不多，垂头丧气，灰头土脸。他们永远都不会明白"宠物狗"的那个"宠"字，没有人给它们洗过澡，教它们玩球叼飞盘，它们甚至也不讨好人，蹲下握手都不会。

黄狗选择去流浪，甲哈也压根没想过找它，惹作又孤零零地一个人在家。彝族习俗是不会杀狗的，虽然人的日子艰难，流浪狗也不会没有食物。过节或是做仪式的时候，村里人杀猪或者杀鸡，会把一些内脏扔到水沟里面，倘若家禽突然暴毙，没人敢吃，也会扔进水沟，这些足以让流浪狗活着。

人都自顾不暇，谁又能顾得上一只狗呢？为了让丈夫戒毒，惹作想了很多办法。彝族家支大过天，惹作找到头人苏取哈，边哭边倾诉，希望借助家族力量规劝丈夫改邪归正。苏取哈很头痛毒品问题，因为他也身受其害——大女儿原本和妻家的外甥定了娃娃亲，结果男孩染上了毒瘾，不到两年，就得艾滋病死了。那些年，身边此起彼伏都是这类坏消息。

苏取哈安慰哭哭啼啼的惹作："嫂子，莫着急，最近我牵头成立了瓦岗地区的禁毒协会，承诺政府要组织一场禁毒大会，我把哥哥（甲哈）拉过去一起接受教育。"

这是2012年的秋天，山脚下的坝子被上千人填得满满当当，镇上的集市也不曾这么热闹过，空气中充满苞谷酒的味道，远远就能听到苏取哈铿锵有力的声音从大喇叭里传来："下定决心戒毒，为了家人，也为了家支……"

草地上坐满了吸毒人员以及陪同家属，为了举办这次戒毒大会，苏取哈召集了五个乡二十三个村的家族参与，除了宣讲国家政策、法律法规之外，毕摩主持的戒毒宣誓仪式才是此次大会的重点。试图通过凉山彝族最敬畏的神灵、祖先和家支的力量，让吸毒者迷途知返。镇政府出了一万，乡政府出了一万，苏取哈私人添了一万，买了三头牛，请来了附近最有名望的大毕摩，这样壮观的规模在整个凉山州也算得上少见。

七八个男人拉住一头牛，有的牵着鼻子，有的揪住尾巴，抡圆的大斧头准确砸中两眼间的部位，牛翻身倒下立刻死亡。旁边的两头牛吓得嘶吼着挣扎，男人们有的帮忙按住，有的蹲坐在小坡上抽烟；女人们则坐在远处一边看，一边交头接耳。

"据说这个毕摩的经书都是用人血和猴血混写的，是附近有名的'黑舌头'，他最擅长的就是下咒。有一次有人喝下他下过咒的酒，没有遵守诺言，暴病而死，院子里的树都跟着枯死了。"

三头牛的内脏被取出来，牛皮连着首尾四脚，张挂在木架之上，一如牛立之状。牛首向东，牛尾向西，无数苍蝇围着皱巴巴的牛皮盘旋，人们用或期盼或复杂的眼神，看着那一碗碗血酒。这是一种最严厉的盟誓仪式。

每个男人面前都有一碗血酒，大毕摩开始念诵："神啊，如若有人违反此誓言，就同这面前的牛一样死去，不得好死！"惹作看着甲哈，催他也去取一碗酒，甲哈咬着牙，跟着毕摩念诵："如若违反此誓言，就同这面前的牛一样死去，不得好死！"

吸毒的男人排着队，从牛尾底下钻进去，再从牛首底下钻出来，并发咒词，然后一口饮下血酒。甲哈也效仿他人，一口就干完。"有了祖先和神灵的保证，肯定没问题。"女人们信心十足，喜滋滋地带着男人各自回家。

家支和祖先的威慑力效果确实有，但不是很大。这个誓言管用了一两个星期，那些日子惹作喜滋滋地给祖宗敬酒，让他们保佑甲哈能够信守誓言、平平安安。

然而吸毒者很快故态复萌。有的人为了给自己一个心理安慰，贩卖毒品会避开瓦岗地区，似乎那个血誓只归瓦岗当地的神灵管辖。甲哈又开始经常夜不归宿，惹作问起时，也是支支吾吾。直到惹作看到了从衣柜缝隙处扫出来的锡纸，才确信丈夫再次违背了承诺，就连祖先和神灵的力量也宣告失败。

尼木措毕·百褶裙

三个穿黑衣的男人站在院子门口，都是长脸，但五官模糊，为首的一个长着山羊胡子。山羊胡子拿起一本簿子，就像查户口那样，对另外两个说："去马海家，去马海家。"两人回复："马海不在家呀。"山羊胡子便说："那就去阿苦家吧。"

惹作闻言打开门，像迎接客人那样，把那三个男人迎了进来，回头笑着对苦友古说："阿达，找你来的。"然后，惹作就从梦中醒了过来。

早上起来之后，她把这个奇怪的梦讲给甲哈听，又讲给隔壁邻居听，甚至因为不安还讲了村口核桃树下的女人听，唯独没来得及讲给阿达苦友古。很长时间她都因此深深埋怨自己："如果当时记得提醒一下阿达，即使远在外地，至少也可以找家里的亲戚帮忙请毕摩杀只鸡，做点什么消除邪祟呀……"

这里的人都认为怀孕让女人的记忆力变差。看上去惹作就是这样：有时候已经背起背篓，打算去捡猪粪，结果在火塘边上转了半天；和邻居约好了晚上去看她的针线活儿，第二天地里遇到，才发现忘得一干二净。

没过几天，惹作就接到哥哥苦曲者的消息，说是远在新疆摘棉花的苦友古突然晕倒，送去医院之后很快就咽了气。当时和阿达一起摘棉花的苦曲者，借了别人的电话通知惹作阿达的死讯。至今他也不清楚苦友古的死因，只说："没钱，治不起。"

临死之前，苦友古挣扎着跟儿子说："回罗乌。"然而苦友古没能在活着的时候回到故乡，当他到达罗乌时，已经变成了一盒骨灰。七天之后，苦友古的葬礼仪式正式举行。

彝人重死轻生，婚礼和葬礼是天大的事，在花费上面，葬礼甚至更胜婚礼。罗乌的葬礼短则三天，长则十天半个月。

与故去亲人的告别有两次：第一次是肉体的告别；第二次则是灵魂的告别，送灵归祖，也叫作"尼木措毕"，需要毕摩做法三天三夜。两次告别的祭品规格都差不多，都必须牵牛拉羊。第一次葬礼中用牲畜做祭拜铺垫，给第二次的灵魂告别做准备。等开始做"尼木措毕"，也就是灵魂祭祀的时候，又拿同样的牲畜请魂，然后再送魂。

再穷的家庭都需要一场隆重的葬礼来告别亲人，再远的家支都会派代表赶过来出席，逝者的儿女各户必须用一头牛献祭。在大型的祭礼中，逝者的女儿前来悼祭时，每户送来的牛不得少于五头。献祭时只杀一头，余下的送给其兄弟。女儿女婿牵着牛去随礼是必要的礼节，也是比儿子随礼更值得炫耀的事情。

甲哈坚持不让惹作回家奔丧，理由一会儿是"怀着孕怕冲撞了孩子",一会儿是"毕摩算过,奔丧是不好的卦"。他不同意,惹作连回家路费都没有,更别说按照习俗应该由女儿承担的费用。

最后,还是甲哈的哥哥苏拉哈出了这笔钱。彝族有句谚语,"三代不进行尼木措毕,没有家族与你结亲家",也就是说连续三代断了这种传承,同等级婚姻将受到影响。"骨头"自动就降格。不论黑彝、白彝都会变成最差、最让人看不起的等级。对于这里的人来说,一个孩子能为父亲做的最重要的事,就是为他办一场有尊严的葬礼。身为女儿,做不了别的就算了,就连为父亲奔丧都办不到,惹作悲切的心情可想而知。

天气慢慢升温,田地里有一堆事情要做。惹作干活已经没有那么利索,站起来越来越不容易,所以宁愿长时间坐着。她没有抱怨过孕期营养缺乏之类的事情,一方面是没有相关知识,另一方面也是有顾虑。村里一个女人曾经因为怀孕多吃了点米饭,被家人训斥:"吃多少饭,就得干多少活儿!"

甲哈还是总也不着家,惹作大多数时候只能自己照顾自己。日头好的时候,她会把水盆放在阳光下晒热,用毛巾擦拭身体,让自己干干净净。这天,她到光线强烈的地方站了一会儿,这里的阳光能把人晒得全身发软。当天难得胃口好,中午多吃了一个洋芋。刷完碗,又把一大盆晒好的水端过来,解下头巾,用洗头膏抹在上面,艰难地蹲在那里,一勺一勺地把水浇到头上洗干净。

一片乌云压了过来，惹作正在把晾晒的衣服收回屋子，突然感觉到腹部开始痛，她忍住没管。过了一个小时，这种痛变成了一阵规律性的痉挛。惹作慌了神，跑去找婆婆熊尔各："阿波，是不是娃儿等不及了？"

婆婆赶紧在地上铺了一层蕨基草——不在床上生产是怕把床单弄脏。惹作此时已经站不住了，只能就地躺下，捂着肚子大口喘息。等了半天，肚子还是没有动静，就忍着疼问婆婆咋使力，用力的还有嗓子，人类在疼痛极限的时候，呼唤的一定都是母亲："阿母啊，救救我！阿母啊，我痛啊！"

阵痛足足持续了几个小时，惹作几乎晕倒，汗水和血水把蕨基草染成了深色。婆婆给她拿条毛巾让她咬在嘴里，以免咬伤舌头。直到凌晨时分，"哇"的一声，胎儿降生，惹作终于从可怕的恶魔手里逃了回来。熊尔各把火塘上烧好的水端了过来，拿剪刀剪断脐带，用羊毛线打了个结。

婆婆用自己穿的百褶裙摆把孩子包裹起来抱着，惹作努力用手肘撑起去看，是个女孩。眉眼都很清秀的样子。她用"收洋芋的时候"记录下孩子的生辰，当时正好流行给孩子取一个汉语单字，于是取名叫"苏丽"，彝语名字叫"里伟"，意为一朵漂亮的花。

这是她的第一个孩子——惹作这一年才十八岁。假以时日，她必定和从没被人记住名字的阿母一样，一遍遍经历生产的痛楚，直到膝下爬满孩子。

在瓦岗，没有女人生孩子去医院，能在家里的蕨基草上生产的女人，已经算是有福分的了。甲哈的哥嫂二十多岁结婚，两人一贫如洗，没多久熊古则怀孕，苏拉哈只身在外打工，没有任何人可以照顾她。有的时候家里煮了洋芋或是苞谷，甲哈就会偷几个，藏在衣服兜里悄悄给嫂子送过去，这就是熊古则的营养加餐。

重复生育的痛苦不会因为贫困而终结，熊古则先后在家生下了四个孩子，全是婆婆在旁指导，自己剪下的脐带。

头人苏取哈的老婆，甲哈的小姑姑，还有惹作的堂姐，她们人均生育四个孩子以上，生产过程都是靠自己，剪下脐带的剪刀没有消过毒，也没有喝过一口红糖水。但凡生第一胎的时候，有婆婆在旁边帮忙烧热水的，已经算是很好的待遇。

苏取哈的老婆还亲眼见过有个农妇在路上生产，那个女人像马一样就地躺下，痛到声嘶力竭，不一会儿摇摇晃晃站起来，用裙子包起湿漉漉的婴儿，让路过的人帮她抱回家。

瓦曲拖村里的尼作，刚二十岁出头，已经生过三胎，再怀上的时候也不太当回事，七八个月了还在地里挖洋芋，结果肚子痛起来，就地生下了孩子。她来不及回家拿剪刀，也喊不到任何人帮忙，只能用指甲一点点掐断了脐带，再脱下身上的衣服包裹孩子。或许是这次野外生产受到了感染，尼作长期以来都有妇科病，痛苦异常。

彝族女人对于疼痛，有种惊人的忍耐力。2021 年，苦几则割草的时候,右手食指被刀削掉一半。她把断指掰回来捏紧,去了乡里的诊所。诊所的医生处理消毒时,把伤处翻开来,苦几则直接痛得晕过去。后来到宜宾的医院,医生采用一种神奇的方法,把断指"种"在大腿里辅助生长,经过一个多月的生长,断指恢复血液循环,再动手术把指腿分离,手指才最终救了回来。

得知苏丽降生,甲哈飞快赶回来,他走进屋子先看了一眼惹作,开心地抱起孩子转了两圈,又走到门前的路上绕一圈,这也是一种习俗。惹作强撑着起来,给自己熬了一碗稀米饭。

在床上躺了没几天,惹作就开始干活,她坚持母乳喂养女儿。这里的产妇至少会把孩子奶到两岁,否则就会被村里的闲话淹没,说不配为人母。婆婆当初也是这么过来的。

生产过后,惹作显得更清瘦了,甲哈并没有给她煮过一顿饭,或者带过一次孩子,也没有因为有了孩子就不再外出鬼混。孩子出生后,也是她吵架最频繁的时候:和甲哈吵架,吵完再去骂堂弟,说来说去都是因为吸毒的事。

屋子里充满婴儿屎尿的味道,耳膜里只有号哭,什么都只能靠她自己。不难想象,只有十八岁的女孩独自一人面对这种困境,会感到怎样的崩溃和绝望。月子期间,也是惹作被人撞见哭得最多的时候。没有人知道什么叫作"产后抑郁",年长的妇女认为,两人只是过了"蜜月期",进入了真正的婚姻生活而已。

这时候,惹作的哥哥苦曲者已经搬到了金阳县城。父母相继辞世之后,她现在的娘家变成了哥哥家。按照当地的习俗,孩子生下来二十几天,或者满一个月应该回娘家。也许是因为路途遥远,怕过于折腾孩子,惹作和哥哥约定,孩子满月之后的彝族年,全家四口人一起过去。

到了日子,苦曲者估算着妹妹一家到来的时间——第一天应该是在路上,于是第二天宰好年猪煮好肉。他左等右等,一整天都过去了也不见人影,妹夫苏甲哈的电话也打不通。

第三天,惹作一脸愁容,抱着孩子出现,婆婆没有一同前来,苏甲哈半夜才赶到——原来刚刚出发没多久,甲哈的毒瘾就犯了,惹作拉他走,被他怒吼,他坐在路边就开始吸。惹作只好抱着孩子等他,天气太冷,苏丽哭个不停,怎么都哄不好。惹作想抱着孩子先走,又不忍心丈夫躺在路边——那大概是惹作最心灰意冷的一个晚上。第二天出发的时候,甲哈居然还是没有跟上。

甲哈解释半天,愤怒的苦曲者第一次对妹夫动了拳头:"好好的一家人,你怎么可以这么荒唐?"甲哈低头讪讪,无言以对。

回门的年夜饭吃得意兴索然,姐姐觉得惹作瘦了,而且明显非常憔悴。即便惹作强装平静,可那双哭肿如核桃般大的眼睛根本藏不住悲伤。食不下咽的年夜饭结束后,惹作就坚决要求回瓦岗,甚至没有多陪一下兄弟姐妹。对于出嫁的女人来说,抱着孩子回门,本该是她的风光时刻。那是苦家人首次了解到惹作的处境,也是最后一次见到她。

每到过年的时候，金阳县城的电线杆上就挂满了红灯笼，张贴栏里全是婚礼消息。这是当地发请柬的一种方式，把婚姻的幸福昭告天下。但是那些结婚之后的事情呢？却好像从来都没人提。娘家人的关注点也很简单："他有没有打过你？""你有没有挨过饿？"只要得出的答案是否定的，他们就会想当然地认为过得不错。

阿达苦友古活着的时候，给惹作姐妹讲过一个故事：

一户人家因为家里的儿子生病请了苏尼。仪式进行时，苏尼放了个屁，两个女儿笑出声来，苏尼恼羞成怒警告家人说："如果你们希望儿子痊愈，就得将女儿赶出家门，永远不让她们回来。"父亲听从了命令，把姐妹两人骗出了家门。

两姐妹不小心落入巫婆的手中，幸亏一个农夫将她们救了出来。她们问农夫说："我们得找人嫁，才有办法生活下去。你知道这附近有哪些人家可以娶我们吗？"农夫随便讲了两家人的名字，两个人就分别去敲门嫁了人。

有一天，姐姐去探望妹妹，发现妹妹生了一窝狗，这才知道她嫁错了，却又没办法离开，于是就带着妹妹逃离。她们跑哇跑，遇见一个老人在锄地，就向老爷爷求助。老爷爷将她们藏在洞里，放上大石头，还覆盖上粪便，这才骗过了来捉她们的狗群。

姐妹俩继续上路，又遇到了一位正在缝衣的老太太，问她俩可不可以帮忙捉一下头上的虱子。这时姐姐发现，老太太头上有一处伤疤。她跟妹妹说："我们的阿母不是也有一模一样的伤疤？"老太太说出了三十年前的伤心故事，她的丈夫如何被苏尼骗，如何把女儿丢弃在了山中。她们伤心地问："阿母，我们可以回家吗？"家里一向都是父亲做主，她们的母亲就带着姐妹俩去问父亲。这时候她们的弟弟早就因吸食鸦片死了，父亲特别后悔，她们全家才算终得团聚。

这样的故事在彝区广为流传，大概因为它有一个幸福结局。可是现实生活中，一个女人如果真的嫁错了，哪怕嫁给了一条狗，她也无路可逃。

核桃树·尼茨

1999年到2000年间,苏家出过一件事情。有个苏家的女孩和乡干部好上了,乡干部是有妇之夫。私情不被容忍,像这种"骨头"不同的私通最不能容忍。乡干部出身的人并不属于苏家下面的阶层,但和苏家比,他家历史上是依附于土司的白彝。苏家家族把此事视为耻辱,准备把那个男的杀掉。察觉到时日无多也无处私奔,他们就把自己绑在一起,用两条绳上吊自杀了。那天街上人声鼎沸,六岁的苏史古透过人群的缝隙,看到尸体被一前一后抬出来,白布下盖着的两个人,都赤身裸体。

没有人会指责女孩的父母棒打鸳鸯,女孩和情人用裸死让自己的整个家族蒙受耻辱。这种羞辱式的决绝反抗,苏史古终生难忘。

"千百年以来彝族人都是要依靠家支才能活下去,所以家族对一个人的终极惩罚就是找毕摩做仪式,打鸡打狗,昭告天下,把一个人除名。说明他不适合在这个'社会生态系统'里面生活,他就是一匹被踢出狼群的孤狼,他的直系亲属也会一起被除名。从此以后他会被整个家支唾弃,生老病死都不会有人管。"

这些故事注定会在村口的核桃树下一遍遍传播,那里是瓦曲拖村的道德评判席和舆论中心,人们席地而坐,尤其是老一辈的人,抽着没有过滤嘴的香烟,唾沫星子汇成河,足以让整个瓦岗都浮起来。

"亲戚们才是最后的依靠,"村里的阿果妈妈连连摆起手,"为啥子要和他们作对呢?"

村民们普遍知晓她叔叔的故事。这个叔叔原本是家里最活跃的一个,二十二岁被家里强行配婚,生下来的三个儿子早夭,夫妻感情日渐淡漠。后来为了孩子学习搬去县城居住,认识了一个离异的女人,两人相爱了,那个女人抚慰了他所有的情感创伤。不知怎的,他们被家里人发现,妻子的娘家人找上门来讨要说法,他赔了两万块钱,还杀了一头牛一头猪,当着双方家族的面发誓和对方分手。之后他远走浙江打工,其实也是和情人一起去的,没多久因为风湿发作,辞职回到县城。两人还偷偷在一起,他还想尝试离婚,最后他的父母发出威胁:"你再这样,就把你从家族除名!"

2021年4月17日,他的大哥收到他的短信:"我要死了,会在解放沟,我走了以后帮我收拾,也请帮忙照顾我的孩子。"大哥赶紧报警,直到次日早上才在附近的山头找到两具尸体:他和情人抱在一起殉了情,身旁放着酒和百草枯。

阿果妈妈那时候刚刚结束第一段婚姻，回到娘家。殉情事件发生后，仿佛是为了弥补叔叔给家族带来的耻辱，阿果妈妈在一天之内就被安排了新的婚姻，嫁到了这个村子。第一段婚姻，她原本也是可以忍受的，但那个男人一心想要贩毒赚钱，"可以在县城买个大房子"，结果出师不利被逮捕，判了无期徒刑。这导致她对第二段婚姻非常重视，简直到了焦虑的地步。为了维护婚姻，丈夫对她说的任何话，她都会照做不误。倘若她的丈夫去县城，她就会在核桃树那里张望，以确定他没有死在路上。

在瓦曲拖村，没有人的婚姻能成为秘密。核桃树下的人们可以忍受马套着挽具死去、耕牛被泥石流冲走，但他们不能忍受对别人家中大小事务的一无所知。大概只有这样比较，他们才不至于感到自己人生的汤盆早已被舔光。

那几年，这里的人悲伤地发现，秩序井然的世界似乎正在逐渐坍塌。村里有哪些人家在贩毒、哪些人在吸毒，毒品给各自家人带来了什么，大家都心知肚明。祖宗的威严、家支的纽带、亲友的规劝，都对吸毒者起不到任何的作用了。阿果妈妈隔壁家，连蚂蚱都不敢踩的温顺女人，哭着把丈夫的毒品扔在地上用脚去踩。男人冲过来，对着女人迎面一拳，然后看也不看满脸鼻血的女人，蹲在地上，用手指头把脏了的白色粉末捏起来。

老人们磕着烟杆，摇头叹息："这都是些什么妖魔鬼怪，日子还不如鲁阿朱在的时候呢！"

面对在歧途中越走越远的丈夫，苦惹作做的努力很多，能做的选择却很少。离婚是万万不敢想的，甚至排在死亡之后。堂姐苦几则说，哪怕是私下跟她诉苦，惹作也从未提过离婚。她们经常会回忆起当年在罗乌放羊的生活，和种地那点事，仿佛那才是生命中唯一自由自在的时光。

哥哥苦曲者后来回忆，他知道当时因为甲哈吸毒，妹妹和妹夫天天吵架，但是惹作也从未和他提过离婚。"我们彝族，如果妹妹提离婚，两个家族肯定就干仗了。"

所有的努力都化为泡影，惹作又一次把希望寄托到神鬼上面。听从阿果妈妈的建议，她找了一个毕摩，据说他的专长是驱逐破坏家庭关系的邪祟。

她带去了一个鸡蛋，毕摩接过去，用细针在鸡蛋的蛋口插一个小口。惹作对着那个小口来回哈三次气，再用鸡蛋在自己身上各处滚动几下，在头上顺时针转上三圈，交回给毕摩。此时毕摩一手持嫩蒿枝，一手拿着鸡蛋，嘴对着蛋口大声地念："蒿枝把所有的疾病都招引来，把这些疾病都招引到鸡蛋里面来。"

他念出来熊、猴、蛇、蛙等"雪子十二支"的名字，这些都是彝族传说中不可以宰杀的动物，他继续念道：

人有两只脚，鸡也有两只脚，

人有一双眼，鸡也有一双眼，

人有两只手，鸡也有两只手，

把所有招致得病的东西都引进鸡蛋来，

该出现的出现，不该出现的不要出现，

所有隐藏的疾病都要显露出来，

显露出来，显露出来。

念诵完毕打碎鸡蛋，把蛋黄和蛋清倒入水碗里面。"哎主人家，你最近是不是头晕啊，看上去你最近招了一个尼日尼茨……"

惹作说："确实会头晕，这是出了什么事？"

"你家不会出现大的问题，不会有大的病，你们家齐的话是四个人，不齐的话会是三个人，不知道为什么这样？"

"我们家加上娃儿，是四个人。"

"主人家，你们家是否有一个属猪的人？如果有不好的邪物作祟，鬼会让属猪的人无端端地发脾气。"

"我就是属猪的。"

"主人家，你需要送菩萨。用一只白鸡来治病，家里面就不会出现大的问题。"

接着毕摩又问惹作："你妈妈是属什么的呢？"

"我妈妈属鸡。"

"哦哟姐妹，你会克你周围的人，首先你克父母，你妈妈会先死；你应该有两个兄弟，如果运气不好，会只有一个，姐妹还有三个,是不是这样?"

"你说得太对了,我有一个哥哥、两个姐姐和一个妹妹。"

"好的主人家,你丈夫属什么?卦象显示你要特别小心。"

"娃儿她爸爸属马。"

"主人家,那个鬼不想让你们家高兴,你们会经常吵闹,你要谨慎一点。"

"最近我和娃儿爸爸吵得很多,该怎么解决?"

"多孝敬老人,再做一场仪式,把尼日尼茨赶走,邪物解决,你们的家庭就会和睦。"

"赶走邪祟,我和娃儿爸爸的感情会好起来吗?"

"一定会的,主人家。"

在瓦岗,家庭矛盾都可以归结为尼茨,也就是"邪物作祟",而一颗颗鸡蛋承担起了维护家庭和睦的重任。为了夫妻感情,女人们会虔诚地去找毕摩,等待他们的天眼去发现蛋黄里的秘密。听到这些似曾相识的"判词",女人们确信:所有的不幸福,都源自那只她们看不见摸不着的尼茨。

这大概是惹作所能做的最后一次努力,一样毫无结果。这会使一个女人意识到:并没有任何神灵会护佑自己。

"阳世界"·"阴世界"

2013年，即将迎来农历的汉族春节。瓦曲拖村的曲木金古隐约记得自己做了一个梦：村里的人聚在一起又唱又跳，核桃树下走来一位身着盛装的新娘，那是苏丽妈妈，但是不知道新郎是谁，在做什么，只记得苏丽妈妈笑得很开心。她醒了以后觉得莫名其妙，但也没往心里去。后来家里的老人提醒她：梦见有人结婚，是这个人要死的预兆。

金古怀揣这个秘密，谁也没敢说，多年以后在喝苞谷酒的时候说漏了嘴，又经其他人的口传到依呷耳朵里。除此之外，那就是一个普通的冬天。

每年的冬天都大体相似，光秃秃的树枝在风中摇摆，麻雀的飞翔变得缓慢，就连天空也受凉了似的，吐出大量的白气，堆积在远处的山顶。到了下午，云团颜色开始变深，仿佛掺进大把的炭灰，堆得厚重又压抑。气温持续下降，依呷叠穿上所有能穿的衣服，出门的时候缩紧脖子，试图以此抵抗体内热量的流失。

本来在外打工的苏拉哈，因为身体不好回家看病，妻子熊古则陪他一起回到瓦曲拖村。家里的物品都不齐全，连瓶酱油都没有，于是当天晚上就去甲哈家吃饭。回忆起十一年前的细节，熊古则说，那个晚上看起来并没有什么异常。

熊古则喜欢坐在火塘边上抽烟杆，为了省钱，抽那种二十块钱一大包的兰花草，拇指和食指捏着烟叶子塞进烟嘴，借助火塘的一丝火，终日吞云吐雾。

长夜降临，火塘边的每个人都能讲出一些令人不安的故事。她突然想起来："我给他们夫妻算过命。"熊古则出身于毕摩世家，以擅长看手相小有名气，甚至有远处的村民拎着苞谷酒专程来找她。"我当时就直截了当地告诉过他们，惹作命很短，甲哈也是，但他俩哈哈一笑，都不相信我。"熊古则说。

依呷沉浸在和父母团聚的喜悦中，只记得当天晚上的酸菜汤很寡淡，彝族年刚刚过去，家里还有腊肉，可是大家都没怎么动筷，他也就没好意思多吃。没人说话，唯有汤勺舀菜、咀嚼食物的声音。

惹作在屋子里转来转去，像一只沉默的陀螺。她去洗碗的时候，熊古则坐到了火塘的下方，往火塘里塞了几根苞谷瓤子，火舌一下蹿了起来。甲哈结婚时候给苦家的五千块钱彩礼，苏拉哈出了两千，惹作阿母死的时候，又出了两千五，苦友古去世时候赶牛去的费用，也由外地的苏拉哈垫付。许多本该属于苏甲哈的人情花费，都由哥嫂负担，两兄弟年龄相距大，作为大嫂的熊古则苦口婆心，也难免会有教育的口吻。

"兄弟，你不能再这么下去。我家的话倒还好，那些不能还的大不了就不还。可是你欠别人家那些钱还不上，这样下去，在村里还怎么立足？"熊古则说。甲哈没有接话，也没有看自己的哥嫂。火塘边又陷入沉默。

惹作没有附和熊古则，而是与自己的男人一道沉默，脸色也不太好看。"苏丽妈妈呀，显然不是个聪明人。"后来苏拉哈摇头说，"连自己的男人都管不住。"

看得出来，哥嫂的言语敲打，让甲哈和惹作很不是滋味。由于苏拉哈和熊古则太长时间在外打工，和弟弟弟媳相处时间不多。"自从他结婚之后，太多的事情我们几乎都不知道，完全疏远了。"熊古则摇头说。依呷也很遗憾，如果不是因为后来的脑病影响了记忆，他应该会记起更多的细节，毕竟那是全家人聚齐的最后一夜。

惹作越来越沉默，村里也没有什么人可以说说心事，她的期望是什么，体验到什么，无人知晓。她无数次沿着坡道走到地里，或是从地里走回那间小屋，偶尔会和村里的女人聊上两句，但她们拥有的生活比那条土路宽不了几公分。

"你今年用的这种杀草剂不错呢……"

"过两天帮我收一下苞谷吧……"

她们认真地聊着琐碎的事务。"苏丽妈妈，你说呢？"在人们的口中，她甚至不曾拥有自己的名字。回到家里，面对的是听不见声音的婆婆、嗷嗷待哺的苏丽、甲哈吸毒留下的锡纸，生活惨淡而痛楚，一眼望不到尽头。

冬季的瓦曲拖村阴晴不定，视野里的一座山，但凡走得远一点，都会被杀出来的另一座山撞上。这里的山体被赋予了粗钝的骨骼，山和山纠缠重叠，把黑压压的乌云都挤得空间逼仄。天地之间并没有什么明显的分野，那种通体的冷峻和荒芜，只会让人感受到万物的脆弱和不值一提。

村子一天都很安静，下午有时候会有小货车来回转悠，在各个乡镇之间贩卖蔬菜水果，喇叭里循环地放着："娃娃菜、菌菇、花菜、金针菇、青椒、豆腐……"小货车上的人，或许能够看见惹作低着头，沿着村里的烂泥路，去找甲哈未果，再垂头走向回家的路。

她得经过一片苞谷地，收割后的苞谷冻得冷硬，只剩下些萧瑟的残梗。还会沿着一条坑坑洼洼的土路向东，从一个组到另一个组，从一家沿着斜坡走到另一家，走过台阶以及烂泥，路上结着霜，容易打滑，裤腿会溅上污浊的泥迹。她要从一户人家的牛棚经过，再从另外一户人家的柴堆前拐弯。

惨白的光线逐渐黯淡，这是白昼逐渐转向夜晚的时候，也是宇宙暧昧不清的时刻，"子姆"于这时过渡到"厄姆"，"尘世"和"灵界"在此刻交接，彝族人认为这是最容易遇到鬼的时刻。

白日将尽，天空呈现出一种洋芋腐烂的颜色，远处的山峦渐渐融入云霭之中。牛棚里，牛儿咀嚼干草的声音清晰了起来，在靠近自家院墙的那条路上，胡乱生长的艾蒿遮蔽了下面的羊粪，踩上去软软的，不再像前面爬坡的路那么湿滑。不知哪里的猪发出长长的惨叫声，像是警报回旋在空中，整个村子都能听得清清楚楚——即将过年，每天都会有人杀年猪。

惹作必经的路上还会经过依呷家，隔着一条小道是邻居的房子。这家的男人有一次把女人拖在地上打，听得分明的乡邻事后问起来，她却坚决摇头，不承认有这回事。"你家苏丽爸爸多好啊，"村里的妇女和惹作闲聊时表示很羡慕，"感觉你们俩从来都不打架。"

空气中有大雪来临前的金属味道，人在外面待得略久，每呼出去一口白气，都能感觉身体里的能量被抽走一分。渐渐耳朵和手脚，都被冷风吹得麻木，越向前走，越能感受到风的阻力，整个身躯都变得无比沉重。

惹作回到那间黯淡无光的土屋。地上四处散落着饲料袋和化肥袋，木板顶的上方加搭了一张塑料布，冬季漏风、夏季滴雨，此刻阴冷黑暗得像一个洞穴。

她把三个月大的苏丽从湿漉漉的床上抱起来，亲了又亲。如果孩子哭了，也要喂会儿奶，再把她放回床上。她从家门口绕到土墙根，那里有一棵硕大的棕树，夏天的时候甲哈用它的叶子做过蒲扇，在院子里扇着玩，如今它却被冻得无精打采。

根据瓶子被丢弃的位置推测，惹作应该在树下待了一会儿。从那里能看见邻居铁皮烟囱里的炊烟摇向上方，这个时刻，每个家庭都会围坐在火塘边，拿起汤勺分享热气腾腾的酸菜汤。

百草枯的味道刺激，闻着就很恶心。当惹作喝完之后再回到屋子里，侧身躺在那间阴暗的土屋，泪水挂满脸颊的时候，时间一定流逝得很慢。在瓦岗，时间不是钟表，也没有明确的数字，它是布谷鸟没完没了的催促，一棵棵苞谷的成熟再收割，天空骤然下起暴雨，和黄昏中一次次呼唤着男人回家。对于她，时间是稍纵即逝的快乐，黑暗麻木的早晨转变为麻木黑暗的夜晚。在这里，每天都是同一天，曾经活着的亲人一去不复返，正在爱着的不再回头。

这天一早，苏拉哈和熊古则带着依呷翻过一个山头，去探望依呷的外婆。他们通常会在那里住上几天，但当天晚上突然收到依呷姐夫托人带来的口讯：苏丽妈妈喝农药了！

全家立即往回赶，苏拉哈、熊古则直接赶到瓦岗的卫生院。堂姐苦几则接到熊古则电话的时候，正好在镇上，她是心疼多过于震惊。

在农村，喝农药自杀的可不少，光她身边就有过几例。这之前不久，村里一个二十一岁的女人，因为她男人要出去打工，就拿着农药站在门口："你要走，我就喝药！"男人没有回头，她一口把农药喝了下去。"她当时喝的是敌敌畏，来得快，当天就死了。百草枯是后来兴起的，都是死，百草枯就慢得多，据说还有人熬了十五天才咽气。"

亲人们在镇上的卫生院会合时，医生已经用一根食指粗的橡胶管子穿进惹作鼻子，灌入洗胃液再通过鼻腔吸出有毒物质。

洗胃之后，惹作不再呕吐，躺在病床上输液，看上去精神还不错。苦几则陪她上厕所，发现她的尿都变成了绿色。来探望的亲戚邻居越来越多，苦几则就回家照顾孩子去了。

头人苏取哈接到甲哈的电话，赶到了卫生院，看到正在输液的惹作，也看到了正在掉泪的甲哈。苏取哈劝说惹作："嫂嫂，你有啥子想不通，好好地说。实在说不通，我们一起帮忙，把哥哥捆死了来戒毒。你要是就这么死了，啥子就都等于零了嘛！再说，以后娃娃咋个办？"

接下来他拨通惹作两个堂哥的电话，按下了免提，给对方解释事情发生的原委："娃儿的爸爸不听话，戒毒戒不掉，娃儿还小，生存不起了，她一时想不通就喝了药……"

两个堂哥在电话里问惹作："你们打架了没有？他虐待你没有，欺负你没有？"惹作非常清晰地一一做了否认。苏取哈听到惹作承认是她自己"一时想不通"时，感觉松了一口气。

在山上带孩子的苦几则忙到了下午三四点，再去卫生院的时候，发现甲哈给惹作泡了方便面吃，想起医生叮嘱过不能喝热水，以免百草枯药性扩散，可是已经来不及了。临到晚上，惹作说她全身骨头都很痛，苦几则靠在床尾，帮她捏脚放松。没有什么能够缓解毒药侵蚀身体的痛苦，有一瞬间惹作疼到大小便失禁，身下的床单染上了一大片绿色的污迹。

176

卫生院的医疗条件有限，能做的抢救措施也很少。亲戚们聚在一起商量如何继续医治的方法，苦几则坚持认为，应该把惹作送到县医院；家族的老人们则认为，当务之急是回家找毕摩驱鬼。苦几则的意见没有人同意，晚些时候，苏拉哈、熊古则陪同惹作、甲哈两夫妇回到了瓦曲拖村的家。

关于惹作喝农药的原因，堂姐苦几则认为，惹作平时去找甲哈，一般就只有两个原因：找他要生活费，或者给孩子买东西。这一次多半也是甲哈去找毒友，惹作叫他回家未果，两个人发生了冲突。再加上此前各种消极因素的累积，"包括她爸爸的死，包括苏甲哈和她哥哥的冲突，全部叠加在一起"。而熊古则说，不管大家怎么追问，那天惹作直流眼泪，却摇头不说寻短见的原因。

依呷也列出很多猜测，他认为叔叔苏甲哈肯定是有责任的："夫妻之间的一个寻死了，另外一半能没关系吗？肯定有，不可能莫名其妙地就喝毒药。"但他一再强调，他和妈妈熊古则也不清楚事情的全貌："了解真相的婶婶和叔叔都没了，奶奶耳聋，什么都不知道，苏丽当时只是个婴儿……可能留下了一个永远的谜。"

依呷判断惹作喝农药"很有可能就是一时冲动"的行为："或许婶婶只是为了吓唬叔叔一下，可是她不知道结果会这样惨烈。"他们长年生活在一起，与总不在身边的父母相比，叔叔婶婶更像他的阿达和阿母。这个理由从情感上更能说服他。

　　婆婆熊尔各因为耳聋,完全不知道发生了什么。她发现儿媳妇嘴角、衣服上都有呕吐物,一直在哭,出来外面发现墙角的百草枯空瓶。她回到屋子里去问惹作,问询再三,儿媳妇终于开口。她读到的口型是:"阿波——惹作一如既往地这样称呼婆婆——我喝了农药。"

孜孜涅扎·白色的路

羊皮是柔软的，人皮是坚硬的；
羊血是神圣的，人血是苦涩的；
人的骨头上没有肉，但羊肉却很肥厚……

尽管毕摩一直在颂扬它的诸多优点，那头即将面临死亡的羊，还是浑身不住地颤抖。

它只有一岁多，或许知道自己死期将至，一直想往某个角落退。几个男人围着它又拉又拽，拿鞭子啪啪抽打，七手八脚按住它的四只脚，嘴也捏得死死的。小羊全身颤抖如筛糠，眼角沁出眼泪。一个男人拿着刀子往羊脖子上狠狠割下，小羊微微侧头，泪眼蒙眬地看着眼前的一切，最后一股气流自喉管穿过。小羊低哼了一声，就放弃挣扎，不再动弹。

羊脖子上挂着毕摩用野草扎的小人，半米多高，叉手叉脚，能看出细细的腰腹和凸起的胸部，呈现出彝文"ʀ"的样子——这个字，在彝文当中是"女人"的意思。

彝族的鬼怪传说以一个女人为滥觞。很久以前有个叫作"孜孜涅扎"的彝族美女，爱上了一个名叫"孜米阿吉"的男人。然而因为她的到来，村里不断有人死去。村民们怀疑孜孜涅扎是个鬼，就让男人装病。孜孜涅扎很爱自己的丈夫，千里迢迢出门去给他找治病的药，出门之前特意叮嘱丈夫：千万不要在此期间去找毕摩。她变成了一只山羊在天上飞，快到家的时候，却被丈夫偷偷请来的毕摩诅咒，法力尽失，就从天上掉下来，在院子里摔死了，尸体被水冲到了格乌路则这个地方，一群砍柴人抢着分食了，之后砍柴人及其子女就变成了各种各样的鬼。

此时，屋子里最深处的床边，坐着被视为邪灵附身的惹作。毕摩的助手给甲哈、惹作、熊尔各、苏丽的颈项上都套上一圈麻线。助手点燃火把，毕摩身穿长长的法衣，摇着铃铛，绕着新搭建的法阵，喃喃地念诵《驱鬼经》：

来啊来，神兵神将们，
骑着神马来，一起咒鬼去。
瓦岗三地喽，骑着岩羊来，一起咒鬼去。
狮子山喽，种兵九谷来，一起咒鬼去。
狐狸山喽，黄云九山来，一起咒鬼去。
谷推山喽，骑着黑麂来，一起咒鬼去。
龙头山喽，骑着龙公来，一起咒鬼去。

神伊阿莫山唛，神仙们来吧，
骑着神马来，穿着种衣来，
戴着种帽来，背着神箭来，
牵着神狗来，一起咒鬼去……

火塘里躺着的三块拳头大的石头越来越红，氤氲烟气在房间经久不散，像是有无数的魂魄穿行其中。所有人的表情保持着一种紧张的肃穆，不安地观望着毕摩用尽各种办法——招寻、哄骗、诱导、咒骂——驱赶着那只鬼。毕摩的嗓音忽高忽低，有时铿锵有力像一支利箭，有时候却使人昏昏欲睡。一家人坐在那里，既疲惫又忧心。

几个男人把小羊的尸体拖到院子里，用小刀剥下带有羊头的羊皮，用斧子砍下羊脚，鲜血缓缓地流淌。两只鸡急不可耐地跑来，在姜黄色的沙地上贪婪地啄食羊血。在它们身边，一株溅上了血的野豌豆摇晃两下，孱弱的紫色花冠在风中轻轻摇曳着，就像要托住那只小羊无所凭依的灵魂。

根据彝族的说法，那只小羊知道这里发生的一切，也了解这一切的意义。现在它去了一个遥远、美丽而宁静的地方，在那里，就算是一只羊，也可以获得幸福。

毕摩把羊血洒在草人身上，又将刚杀的鸡折断一只翅膀，划开道口子，用嘴从鸡翅骨腔中吹气，死鸡奇迹般地开始引吭高歌。

"叫呢毕徒叫，吼呢主人吼。"毕摩的徒弟念着驱赶的经文，不用示意，在场所有男性人员就知道，此时要齐声对那只纠缠惹作的恶鬼吼叫，用以诅咒驱赶："喔——吼！"

广受敬重的大毕摩伸出皱巴巴的手，抱着苞谷酒灌了一大口，等酒嗝消散，他笃定地告诉苏家："之前打的卦象表明，惹作这是魂不附体，丢了魂。"她某个故去的直系亲属，变成了恶魔，也就是那种"站在河里向岸上招引人"的鬼，诱惑她喝下了那瓶农药。

锅里的水被毕摩下了咒，怎么也烧不滚，他伸手试了试水温，用蘸了水的草洒向惹作，隔段时间再洒一点，驱鬼仪式才算完成。简短地休息一下，毕摩又开始给惹作招魂。

每个毕摩都有一样最擅长的领域，这个老毕摩最擅长的就是驱鬼招魂。招魂要从云南昭通到永善的黄华，穿越金沙江，翻过牛儿坡，再一路回到瓦岗。灵魂会面对一个考验。回来的路分为三条：一条是白路，一条是黑路，一条是黄路。白路是正确的回家路，黑路是死路，黄路则是不好不坏的路，走黄路的灵魂被称为"希尔希里"。如果选择了错误的道路，就不能回到家里。

毕摩口中念念有词，指引着灵魂"不要走黑色的路，不要走黄色的路，一定要跟着白色的路"。仿佛惹作迷失的灵魂正步过重重关卡，从祖居之地返回瓦岗。毕摩的招魂经里面念到的地名，都是瓦岗苏家的祖先曾经居住或迁徙路过的地方。

直到深夜，招魂仪式宣告结束，惹作躺在床上，脸色如同往常，旁人拉句家常，她偶尔回应一声，或是点点头。守在旁边的甲哈喝了点酒，大概由于酒精的安抚作用，看起来也放松了些。门外风声渐渐隐没，一切都平静了下来。

一直建议送惹作去县城医院抢救的苦几则，整整一天都没有露面，多年以后她还耿耿于怀："情况都那样了，还不送医院！我才不想去看，感觉死神就像猫守着老鼠一样守着她。"

知了·秃鹫

丢失的灵魂迷路了，躺在床上的惹作却哪儿也没有去。熊古则对一个细节念念不忘：毕摩诵经的过程中，不知道从哪里飞进来一只知了，扇动着褐色的膜翅，停在惹作的蚊帐上，吱吱悲鸣。毕摩没有停止口中的念诵，抬起眼看了看知了，又若有所思看向惹作。

在彝族人看来，有鸟飞进屋里都是不吉利的征兆。熊古则心里咯噔一下，黑魆魆的房间里，只有毕摩面前的一团火。人的影子在墙上显得越发诡异了起来。

"数九寒冬的时候，别说那种悲惨的叫声，就连知了都不应该有啊！毕摩说这是不祥的征兆，需要尽快作毕解决。还要用一只白鸡、一头白猪、一只花脸绵羊，再做一场仪式才行。"

众人七嘴八舌开始商量，究竟是继续做下一场仪式，还是做完这一场主要仪式，再送惹作去雷波县城的医院。经过两天的痛苦折磨，惹作已经没有多大的精力，但也不似第一天的痛苦模样，看上去神色如常，只是没有什么话。

村里的亲戚邻居都来帮忙，杀羊的杀羊，找松柳枝的找松柳枝。有位老人在安慰甲哈："没得问题的，这个毕摩厉害得很，你看苏丽妈妈的脸色也好多了嘛。"

苏取哈也有类似的感觉，当时的细节历历在目，不过时间上有些混淆，毕竟已经是十年前的事情。他在德古生涯中，帮人决断过很多类似事件，从来没见过喝了百草枯还能活下来的人。但他当时也不知道为什么，居然抱有一丝希望："当时惹作的脸色，看上去还挺正常。"

惹作和甲哈都窝在床上，盖着被子。苏取哈像其他男性一样坐在火塘的上方，靠近床的位置。有人给火塘里续上柴火，柴火有些湿，浓烟熏得人眼睛难受。惹作笼着的被子，有一头开了线，厚厚的旧衣服从里面探出被边。惹作说："脚太冷了，你也坐上来嘛，可以热火一点。"苏取哈回她说："哥哥就在床上瓮起得哒，我坐过来不合适的。"随后的时间里惹作一直喊冷，苏取哈才意识到，或许她已经失温了。

苏取哈记得，惹作曾经转过头去对甲哈说"对不起"，具体对不起什么，她也没说。至于苏甲哈，"在旁边一直哭"。这样的场景难免会让人伤感，苏取哈坐了一会儿就走了。每年到这个时候，气温越来越低，直至鹅毛大雪降临，覆盖整个村落。火塘里的柴，烧了整整一晚。甲哈被巨大的打击笼罩着，一直在喝啤酒，除了在仪式上不断给毕摩续上苞谷酒，没人记得他说了些什么、做了些什么。

熊古则一直守在屋子里，照顾着弟妹和弟弟。第三天早上，熊古则听说十八里滩有位医生，擅长治疗服毒的病症。于是打发丈夫苏拉哈雇了辆七座的五菱宏光，准备把惹作拉过去再尝试治疗。苦几则站在病床前照顾堂妹，她发现惹作很安静，脸色呈现一种枯叶般的黄色。她挥了挥手臂，迷迷糊糊地叫了苦几则大儿子的名字，像是要对他说点什么。这个孩子一直把甲哈当作榜样，是家族里和惹作走得最近的年轻人，惹作一直把他当作亲弟弟。苦几则想起来老人们提到的忌讳：一个人死之前如果对某人或某件事念念不忘，将来还会回来找他。她心里一惊，斥责惹作不该如此："之前我怎么劝说你的，你怎么不听？现在你都要走了，还惦记我儿子干吗？"说完，她还往地上吐了一口口水。

惹作垂下手臂，再也没有说过一个字。

关于接下来发生的细节，更是没有人记得真切。就像惹作喝药之后，大家各自的陈述，总有些含糊不清，甚至是相互矛盾的地方。

熊古则嘴里始终吧嗒吧嗒抽着烟，在不得不花钱的爱好里（另一个是酒），只有这个戒不掉。她说，回想起来，没有察觉惹作会那么快死去，是因为当天早上六点，决定把惹作送去看医生之前，惹作意识还很清晰，她要求换上干净的衣服——她最喜欢的蓝色麻呢外套，"说是大衣也不算大衣，比较厚，收腰的"。

半个小时之后，熊古则、苦几则还有一个女邻居陪惹作坐上了五菱宏光。苏甲哈头天晚上把自己灌得烂醉如泥，根本不能坐车。苏拉哈觉得与弟弟妻子同车不合规矩，也没有随同前往。惹作对这些安排并没有什么反应，那时候她已经自顾不暇。

三个女人坐在司机后面一排的位置，苦几则与熊古则坐在靠门窗的两头，惹作的上身靠着苦几则，脚放在熊古则的身上。五菱宏光行驶在瓦岗颠簸的主道上，车上没有人说话，只有惹作越来越急促的喘息，仿佛溺水后急于寻找空气，却又呼吸不继的小动物。山路太多拐弯，频繁加速减速，车上的人随车前仰后合。苦几则和熊古则小心地扶好惹作，以免她掉落下来。

这条主路不比半山腰的瓦曲拖村，还没有结霜，路上几乎没有车，也没有行人，悬崖边的乡道满是砾石，轮胎轧在上面嘣嘣作响。车开出去大约半小时，路过先锋村的悬崖时，熊古则发现惹作面色惨白，开始翻白眼，翻了几下就永远闭上了眼睛。熊古则如今想不起惹作死亡的更多细节，但有一点她记得非常清楚：本来包车费用是四百块钱，因为惹作死在车上，车主说不吉利，涨价到一千块。

晨晖从近到远渐渐消泯，土黄色的山路像污水一样蔓延，一辆面包车置身其间，仿佛微不足道的蝼蚁。车窗玻璃凝着水雾，用手掌可以擦出一片视野，重重山峦遮天蔽日，山顶和天空并无分野，大地上满是严冬的荒秽朽烂阴暗。远一点的地方，有秃鹫低空盘旋，用严峻的眼神凝视着深渊，猜也能猜到它想要干什么。

死给·打冤家

那是很多年以前的事情了。苏取哈的爷爷年轻气盛，有一天听说一个表妹被杀，原因不明，就带上自制的土枪和一包袱的干粮，风餐露宿、忍饥挨饿地守在来往瓦岗的垭口，截到一个人就绑回来严刑拷打，追问是谁杀了他的堂妹。"既然找不到凶手，你们往来的人就都有罪。"他一共绑了七个人，虽然最终也没答案，他的行为却获得了一致称赞——爱憎分明、睚眦必报。在纷乱的年代只有这样的蛮横和执拗，才可以保全家族的尊严和家人的性命。

家支存在的最高意义，就是为所庇护的家人撑腰，不管是苏家还是苦家，这都是刻在基因里的印记。惹作喝药自杀，哥哥苦曲者听闻之后，马上就带着苦家上百人为妹妹出头，讨个说法。

生于 1987 年的苦曲者个头不高，体格敦实。他的皮肤黢黑，颈脖和眼角已经有了很明显的皱纹，一看就知道是高山强烈的日照所造成的。五官深邃，但笑起来的时候，眼神里透出一种孩子般的天真，面部阴影造成的严肃效果立即就被破坏了。苦曲者只读了三年小学，普通话磕磕绊绊，都是些不成句的词语。他惜字如金，一旦开口，话语不做任何过渡转折，是就是，不是就不是。

苦曲者对苏家的不满在于，没有第一时间通知自己惹作喝药的事情："妹妹都死了，他们才给我打的电话。"其他的一些事情，他说自己不计较："爸爸葬礼不来就算了，带着娃儿过来，半路上停下来吸毒也算了。"

对彝族社会来说，一名女性在夫家死掉是件天大的事情，必须有娘家的男人来出头，讨说法。因此引起两个家支冤家械斗的例子比比皆是。苦曲者说："这就是我们彝族的习俗。"苦家当然知道，瓦岗苏家不是好惹的，好战的瓦岗一直有句名言："男人活过三十岁，是一种耻辱。"

清朝中晚期，由于经常受到黑彝阿陆家、马家的袭扰，沙玛土司收到苏家的邀请就来到瓦岗定居。

苏家因此与黑彝家族结仇六十八年，两个家族时常翻过狮子山打冤家，那是腥风血雨的战斗。他们把山上的巨石掀起来，推下山去撞击敌人的房宅，在远处用弓箭和抛石索攻击，近战用刀矛刺杀。领头的勇士像决斗一样呼吼着自己的名字，身披盔甲冲向敌人，不待血流成河，绝不罢休。

在凉山，性命也要分三六九等，黑彝和白彝的命并不相抵。由于苏家在瓦岗拥有实际掌控权，因此在人身权利上也和其他氏族有所不同。例如，在1958年之前，一条人命的价值，黑彝贵族的命金是一千二百两白银，白彝的命金则是黑彝的一半，六百两。而苏家的命与黑彝的命等价，也是一千二百两。

如此算下来，古里镇的一条黑彝的命能抵一条苏家的命（一条苏家的命可以抵奴隶娃子的四条命）。双方的冤家械斗一直进行到1949年，黑彝杀死了苏家五十九个人，苏家杀了对方六十二个人，最后算下来还欠他们三条命，就用鼻子、耳朵赔给对方，以示羞辱。

重重山峦之间，历经数世乃至十数世不解的冤家械斗，至今似乎还残留着祖先的血腥味道。苦惹作是不是"死给"了苏甲哈，这个认定很重要。对此，苦曲者无比坚定地认为：惹作就是"死给了他们苏家"。作为苦惹作的唯一男性血亲，苦家主持大局的人，他的看法至关重要。

"死给"，彝文"ꌧꋊꀘ"念作"死纸比"，是彝族地区一种独特而又普遍的社会现象。赴死的人会通过一种有目的、对象明确的自杀，让对方也就是"被死给者"对自己的死亡负责，大多数时候是弱者的一种终极反抗。它是彝族民间纠纷中一个程度很重的词，往往会被视为对个人和家支尊严的羞辱，从而引发家支之间的械斗。

关于那一天的争斗是怎么开始的，苏家人的记忆要清晰许多。毕竟被打砸的是苏家。一般发生女人自杀的事情，男方家里都会默认让女方家支的人过来打砸出气。苏取哈火速杀了一头牛,把牛肉分给苦家来的人,第一时间表示最大的歉意。

苦家的几个男人闯进苏甲哈的屋子。惹作的堂哥走到门前时,故意说给邻居听:"既然我家妹妹死给了苏甲哈,理应把他家给砸了,那我们就意思一下吧。"虽然说只是"意思一下",同行的两个人却没有客气,抡起臂膀真心实意开始打砸。屋子里一片凌乱,家具横七竖八躺在地上,电视机被砸个稀碎,就连房梁上的瓦片都给掀下来砸碎。男人们打砸之后,又来了一群妇女,她们都是从金阳县嫁来瓦岗的苦家女性,苦几则也在里面。她抚尸恸哭,声震瓦砾:"苦命的妹妹呀,你怎么就把我一个人丢在这里了呀?"瓦岗到处都有人在议论这件事情,赶来看热闹的乡邻把路堵得水泄不通。人群中的妇女也跟着一起抹眼泪。

这时,苏家头人苏取哈的手机响了,有知情者向他透露重要消息:苦家有人准备把事情闹大!面对这个预警,苏取哈思忖半天,认为当时的情形下,应该交给亲属和邻居来居中处理,以免双方起冲突。于是他找来了愿意在中间说和的邻居(瓦曲拖村住的并不都是苏家人),让他和苦家那边的人解释清楚,苏家并没有虐待苦惹作。早在惹作去医院的时候,也曾和她的家里人电话沟通。后来他们才知道,这个关键的信息并未能传递给惹作的直系亲属。

头一批苦家亲属刚刚沟通好,双方打算坐下来喝酒,苏取哈就听说又从金阳县和西昌来了一百七十多个苦家的男丁。有的坐大巴车,有的坐五菱宏光,还有的转乘黄色的乡村巴士,连口饭都没吃,脚都没有歇一下,一群人气势汹汹地围住苏家。有人大喊:"把苏甲哈交出来。"

后来苏家在瓦曲拖村下坡一点的树林里,找到许多根削好的棍子,显然对方是有备而来。但是苦曲者解释说,虽然苦家来的人多,但也只是正常地赶赴葬礼。

而在苦几则的回忆里,两家人打斗起来的原因,和苏取哈的叙述略有不同。她记得第一拨来的是罗乌放羊的三个苦家人,听说消息就来了瓦岗,至于打砸,其实砸的只是瓦片,杀的那头牛也接受了。争执升级是因为苦家妇女还在惹作屋子里面哭丧,结果苏家的妇女开始扔石头进来,让哭丧都没法正常进行,还差点打到苦家的一个小姨。不过后来她也说,这一切都是听苦家亲友转述,至于她自己,当时在忙着接待客人,没有看到具体情况。

对于彝族人来说,冤家械斗从来都不是个人或个别家庭的事,而是全家支的事。个人和家庭发生纠纷,首先请头人首领和家支中的重要人士喝酒,请求协助处理。一般会由主持会议的头人首领做动员,说明个人纠纷与全家支的利益关系。

进行冤家械斗以前,一般先要在家支会议上讨论,做出决定,进行动员和誓师。出兵以前还要占卜,确定季节和日期。他们认为,在合适的日子出兵,才会打胜仗。小规模的袭击,在任何季节都可以进行;而大规模的械斗,都是在每年秋收以后，这时开战既不耽误生产，又正当草枯水落、气候温和，如果负了伤，伤口也不易感染溃烂。

多年以来，久经沙场的头人苏取哈都会和自己的族人强调一句话："娶得起你，就打得起你。"苦家人来势汹汹，而且大有发动械斗之势。既然道理讲不通，看来这一仗非打不可。苏家各家支的青年男子们跃跃欲试。在他们眼中，为了家族参与械斗，即使伤了死了也是巨大的"光荣"。苏取哈回忆说："像这样的事情，一个家族不去为自己的人出头，将来别的家族都会看不起你。不只是丢了面子，更是丢了声誉。"

面临如此严峻形势，苏家各个家支都来了代表，三四百个十八岁以上的男丁全部聚齐，只等首领苏取哈一声令下。苏取哈特别叮嘱，先把苏甲哈和苏甲哈的直系亲属，上至苏尔哈，下至苏依呷这一辈的小孩子全都藏起来。这是怕他们被苦家人认作应该为惹作自杀负责的对象，受到伤害。某种程度上也是怕出什么意外，做好保存后代的准备。

为了这场械斗，苏家好些男丁特地穿上了显眼的花衣服、便利的鞋子。开战之前，又进行了严格的战斗部署，各个家支都有分工：哪支在前进攻，哪支在后辅助，哪些人负责运输石头，哪些人准备援助武器，等等。苏家还制定了周密的作战方案。首先，占据有利地形。甲哈的房子背后是一块倾斜向上的坡地，距离房子大概二十米。苏家的人拿上石头，挑的挑，抱的抱，占领制高点，就有了居高临下的优势。

当苏取哈听到苦家人在惹作屋子里面打砸的声音，不由得怒从心头起："本以为他们只是进屋子哭几声，结果外面都能听到电视柜被砸的声音。"一声令下，碎石如雨点飞向屋子，屋顶的瓦片被砸烂，石头纷纷落进室内。"后来我们进屋的时候，发现有很多石子落在苏丽妈妈的尸体旁边。"混乱中，有石头砸中了苦曲者的肩膀，尽管多年以后他对此完全没有记忆。一位苏家的人说，其实在小规模混战中，好些苦家的人受了伤，但是苦家的人要面子，没有承认。

两大家族即将进行大规模械斗，这么大的事自然也惊动了政府。面对官面上的压力，苏取哈软中带硬地怼了回去："我们理解并支持政府的工作，这是我们家族内部的事情，也请政府理解一下我们。这事情，我们先试着以自己的办法解决……"

双方开始用石头远距离攻击，眼看事情逐渐朝着失控的方向滑去，血腥的械斗一触即发。瓦曲拖村的人至今都记得这场家族之间的对峙，在村里走动，但凡提到苏苦两家的"战争"，村民们都会脸色一变，噤若寒蝉。

然而双方毕竟已经开亲几十上百年，夹杂在其中的苦家女人绝不允许亲人相残。对她们而言，一边是娘家，一边是夫家，两边都是亲人。她们冲了出来，横在路上阻止双方开战——彝族人打架的时候，是不能碰女人和毕摩的。女人们嘶哑着嗓子，奋力拖住嗷嗷前冲的年轻人。瓦曲拖村的邻居也居间调停："有啥子误会可以坐起慢慢地谈，没有说不清楚的事情。苏丽妈妈已经死了，不要再出人命啊……"

双方终于坐下来谈判，苏取哈作为一方的头人，不适合担当德古，于是另外请来一位德高望重的德古，苦家也找来自己信任的德古。双方找了一个僻静的地方商议方案，德古们磕着烟杆，聊起彼此处理过的一些"死给"的例子，作为解决问题的参考。

比如说，某时某地发生妇女上吊自杀事件，死者夫家马上通知了她的娘家，娘家人闻讯，召集很多人前往吊丧，在得知死者是因长期遭受婆婆和丈夫虐待而"死给"时，娘家人打算按习俗捣毁死者夫家的居室，宰杀其牲畜。但是考虑到死者留下的四个孩子，没有采取行动，只要求将其丈夫交出来。

为防止事态恶化，不使双方家支间发生流血冲突，邻居们将死者的婆婆和丈夫藏了起来。后经德古调解，按当地习惯法规定，赔偿死者命金，包括给德古及担保人的、给女方哥哥的、给女方舅舅的、给女方的爷爷和外祖父的、给女方父亲之外祖父和母亲之外祖父的，等等。调解完毕，又杀了一头牛，举行了此后不得反悔的仪式……

两家族和德古们根据以往判例来回协商，并依据习惯法的赔偿标准，进行数额上的讨价还价。

"代表双方的德古都德高望重，大家都想好好解决问题。"苏取哈记得很清楚，基于苏家并无虐待的事实、两人感情很好的口碑等，双方互相陈述甲哈和惹作的是非对错，最后确定了赔偿金额。两个家族的话事人最终都同意了这个有理有据的协商结果。

调解结果如下：苏家总共赔偿三万块钱，甲哈的哥哥苏拉哈出了一万多，其他亲戚凑够了剩下的钱。外加一头牛，这也是当天宰杀的第三头牛，苦家的人把牛肉分而食之，喝了几桶酒，此事算是了结。不过苏取哈对苦家人此后的做法颇有微词："三万块钱给了苏丽的舅舅，然而，苦家连奶粉钱都没有给过孩子。"

很多年过去了，在德古眼中，这大概就是一件普普通通的"死给"，与其他重大事件相比压根不值一提。他们会记得因为一人当众放了一个屁，就引起恩扎家与阿候家打了十三代近三百年的冤家，但多半不会想起这件小小的家务事，没人缺胳膊少腿，也没有真正引起大规模的流血事件。

此后，无论是苏家还是苦家人都说苦曲者"失联了"，不接任何人的电话。2023 年，他们通过各种方法试图和苦曲者取得联系，全都以失败告终。事实上，苦曲者和堂弟苦七金一家还保持联系，两家人相处的时候，通常小心翼翼，从不主动提及这桩往事。

哭丧·德布洛莫

炸响的鞭炮就是不断播放的哀乐，听闻消息的人会打上十斤苞谷酒，直系亲属会牵上牛，源源不断来到苏家吊丧。惹作葬礼的那天早上，屋子外面停满摩托车，甚至排到了屋边小路的分岔口。人们登记好自己带来的牲畜或者苞谷酒后，就挤在院子里抽烟，喝山城啤酒。除了小部分的至亲，大部分的人并不会特别聊到逝者的生平，或是追问死亡的具体细节。只是聊着一些完全无关的事情，或者浅浅地感叹命运无常。并非人们对于死亡多么无动于衷，而是直到葬礼这一天，人们才发现对"苏丽妈妈"的了解少得可怜，她的人生，短到人们无从谈起任何细节。

死去的惹作被横着摆放在屋子里的床上，脚朝着大门的方向。她一身全新的传统服装，外面裹着一张白布，脸上盖了一张白帕子，双脚却蜷曲着，看上去就像回到了婴儿的状态。三年前，这房间举行了她的婚礼，盛载着满满的欢乐和希望，那时候的惹作在婚礼过程中也努力遮挡着自己美丽的脸庞。

女性亲属来到停放尸体的房间，都要一顿哭丧。口拙的人抚尸大哭时，不外乎喊着："我的姐妹啊，你咋年纪轻轻就走了啊……"而像熊古则这样口齿伶俐，又对传统习俗了解甚深的，基本是即兴创作哭丧的内容。她蹲坐在那里哀哀哭泣，边哭边唱：

> 山上你栽的树子已成林了，
> 你撒的圆根已做成了酸菜，
> 乌姆耶妈（姐妹）啊，
> 是哪个妖魔鬼怪带走了你，
> 你的女儿从此成了孤儿，
> 你的亲人哭碎了心。
> 你已化成了云，化成了风，
> 风吹冷飕飕，云堆暗沉沉。

苏甲哈作为死者的丈夫一直在惹作的遗体旁，但凡房间有人低声啜泣，一旁的甲哈就会捂着脸，不管不顾地跟着号啕大哭。

喝农药自杀属于非正常死亡，葬礼的细节会和通常的葬礼有所不同。按照毕摩的要求，熊尔各找来了一只七八十斤的黑山羊、一头一百来斤的黑猪、一只黑色的鸡，作为葬仪的牺牲之物。

惹作的两个姐姐以及几乎所有的直系亲属都在屋子里大声哭喊："阿古阿古啧了哟……"他们以愤恨悲怆的语调，呼唤着狠心的老天爷，并拼命指责带走惹作的恶鬼："可恶的妖魔，可恨的鬼怪，你就不该把人家带走啊！"熊尔各、苏甲哈和惹作的外甥、外甥女也跟着一起大声斥责："为什么会这样？为什么要带走这么好一个人，我们这家人没做错什么啊？"

之后，毕摩开始为逝者诵念指引上路的经文，毕摩助手也在旁边低声合诵。接着举行招魂仪式，目的是尽快把逝者送走，不要影响留在这里的子孙后代。"我们为你送一程，而不是跟你走。"毕摩给苏丽留了一只鸡，嘱咐必须将它养大后再吃掉，不能送给他人。

按照习俗，除了极个别的传染病需要土葬，正常的病死或老死会抬去专门的场所进行火葬。彝人笃信每个人都有三个灵魂，其中一个会附着在坟地——也就是火葬的地方。

人们平行放置两根粗长松木，在其底部用七根麻线绑上瓦板，再在松木反面的顶部、尾部，各绑一片瓦板，做成担架。在锅庄右侧立四根木枝，将担架置于其上，让惹作侧卧于担架上，担架四周牵引麻绳，挂上惹作用过的一块布。又将山羊肝、腰子烧熟，连同肩胛、全身羊皮、一个烧荞粑和小半袋燕麦粉，一并放在一个木盘里，摆在惹作身后，陪同她一起上路。

中午之前就得上路，男人们立于灵前排成一长队，一拨人在最前面放鞭炮，一拨人打着火把照亮道路，其余男性则一路抬着灵柩向山上挺进。惹作的堂哥、堂弟等男性亲属，会举起手中的长刀，为逝者降魔开路。

护送的人只能是男性，此外惹作的娘家人、丈夫苏甲哈，还有年龄太小的孩子都不可以跟着前去。远一点的亲属、邻居都抱着孩子远远目送，看着人们抬着惹作的遗体离去，就如同当初热热闹闹把她迎娶进来一样，如今又把她送走。

许多村子都有自己固定的火葬之处，不过服毒、枪杀、投岩等自杀身亡，算是"不好的死法"，只能按照毕摩的卜算去到其他地方。一个小时之后，苦惹作被抬到西北方一条河岸边的核桃树下，护送者挥起长刀砍伐四周的树丛杂草，清出一块场地，同时也是警告恶魔凶鬼，不要试图染指惹作的尸体。

新柴堆到桌子一般高，遗体搁在柴堆上，上覆松枝，众人把手中的火把交给村里的捡骨人（也就是火化师）。最后那一刻，惹作的堂弟悲伤地哭喊起来，马上被人拉走——这个时候，悲伤也要克制，因为担心他会被惹作"带走"。

熊熊烈火从柴堆底部升起来，火焰夹杂着烟飞向天际。十八岁的苦惹作在烈火中化为飞灰。"生于火塘边，死于火焰中。"这是句彝族人常说的谚语，也代表他们笃信火能给予一切，食物在火焰中烧熟，人的灵魂也能在火焰中得到净化。

火葬之后的骨灰有两种处理方式：一是就地掩埋，放几块石头作为标记，偶尔会有人来看一下，是否被野兽刨乱；还有一种是干脆把烧剩下的骨灰撒向山林。

苦惹作火葬的那条河沟，正好在瓦曲拖村和隔壁普芦甲谷村交界之处，在地图上没有什么标记，离最近一处人家也有一公里的距离。那里毗邻一条乡间土路，杂树丛生，野兽出没，满是野兔、狐狸和松鼠的粪便。河沟延伸百余步就是一个悬崖，落雨时，湍急的水流会裹挟着一切狂奔而下，直到汇入奔腾的金沙江。"婶婶应该是在金沙江里了。"依呷说。

冬季的时候那里阴气森森，牧羊人都会把羊群迅速赶走。它是牛鬼蛇神聚集的地方、野猪磨牙的地方、公鹿磨角的地方、水塘淹人的地方，如同彝人心目中的魔鬼山德布洛莫一样神秘又恐怖。

有几次天还没亮，上山采草药的人看到核桃树下站着个男人，像个游荡的鬼，又如一缕即将熄掉的气息。熊古则说那个人是苏甲哈。"我妈妈猜想叔叔就是因为这样丢了魂，所以勒令我不可以去那里。"依呷后来说。

惹作死于2013年初，还不满十九岁。苦家人说她虽是超生，但是有户口。熊古则却记得清楚，生下苏丽后，为了给孩子上户口，甲哈去过两次罗乌都无功而返，说惹作是超生的，父母并没给她上过户口。因而苦惹作也不曾拥有身份证，以及结婚证，就连死亡时的年龄，也是"待确认"。因为是女性，惹作也不被录入家谱——从记载的角度来说，她压根没有曾经活过的记录，这个世界查无此人。

送葬的时候，苦惹作所有的随身物品都被烧掉了。苦几则记得，她衣柜里的衣服还真不少，打开衣柜时，还有没吃完的橘子滚落出来。惹作没有留下一张照片。除此之外，惹作喝农药时靠着的棕树，被视为不吉利，没多久也被齐根砍掉。

毕摩的经书里面详细记载着，不同日期死去的人会转世成什么，去向何方，又会对家族哪些特定的人形成危害。比如，"牛日"去世的人，死后会去往南方和北方，加害姻亲关系或家族中属马或属鸡的人；"龙日"去世的人，死后会盘桓在家附近，变成尼都鬼，加害家族中属羊或属猴的人；"兔日"去世的人，死后变成害人的老鼠，加害自己家族中龙年或鼠年出生的人；"马日"去世的人，死后变成害人的"恩日"尼茨鬼，加害自己家族中鼠年或鸡年出生的人……若要解除这些危害，必须尽早举行超度仪式。

没有人记得苦惹作死后灵魂去向何方，堂姐苦几则说她确信堂妹已经变成了鬼。这几年，苏家某家支小孩子生病、久哭不止，请来毕摩驱鬼，按照毕摩的推算，是不甘心的惹作在作怪。她并没有像其他人一样正常地转世投胎，而是变成了厉鬼留在瓦岗。即使被一家驱赶，也会转去另一家。

彝族没有清明节这样专门祭祀的节日，只是每逢彝族新年这样的重要时节，人们吃饭前会给祖宗亲人敬上一杯酒。"这杯酒干干净净敬给你，希望祖宗保佑一年风调雨顺，来年给你供个小猪。"说完把酒放在衣柜上，或是高处。女儿苏丽还是未成年的儿童，没有人会在节日时为惹作敬上一杯酒。所有的记忆消融在黑暗之中，久而久之，这个故事的版本终将变成一句话："某年某月，有个女人喝农药死了。"

最后，连残缺不全的故事也所剩无几。

麻绳·悬崖上的老树

甲拉阿洗十五岁去雷波县中学读书，老师经常讲要相信科学，不要相信那些怪力乱神。但有件事情一直让她心存疑惑，前几年爷爷去世，葬礼当天晚上，家人们围坐在火塘边上，突然爬来一条小蛇。有人要拿棍子打，被阿洗妈妈阻止，她说毕摩推算爷爷转世成了一条蛇。于是拿出一点苞谷酒喂给小蛇，小蛇竟然真的喝了两口，然后爬走，消失不见。

这里的苞谷酒没有品牌，如同这里的树时常被统称为"树"。人们甚至懒得为这些粗制的酒精取一个好听的名字，就叫作苞谷酒。瓦岗人的生老病死、大事小情，都离不开苞谷酒。老人去世，喝苞谷酒，女儿出嫁，喝苞谷酒，彝族年，喝苞谷酒，家族聚会，喝苞谷酒。镇上两个酿酒作坊始终生意兴隆，仿佛永不倒塌的圣殿。

惹作死后，甲哈更是看不见身影，常年不回家。惹作的婆婆熊尔各成天沉溺在酒里，她似乎只剩下这一个聊以自慰的癖好。她喝的是五十几度的苞谷酒，到今天才涨到六块钱一斤，用矿泉水瓶子装满，喝上一大口，火焰滚进喉咙，在胃部燃烧爆炸，血液把温暖输向四肢，意识逐渐迟钝起来，生活的苦痛仿佛消失殆尽。

熊尔各偶尔会放下酒瓶，抬起头望向天空："甲哈回家了没？"酒后的她，话比平时多，日常总是和蔼可亲的她会抱怨起大儿媳熊古则："我这么辛苦，早起摸黑把你们养大，你们为啥子不争气哦。"然而，如果甲哈或者苏拉哈在场，只要回过头去瞪她一眼，她就会立即收声，甚至吓得手脚哆嗦。这个终生坚韧的女人唯一害怕的，就是儿子的嫌弃。

悬崖上的老树，晚上还傲然挺立着，早上便消失了。

畜圈中的老牛，早上还在怡然地吃着青草，晚上便不见了。

这句普通的谚语映照进了甲哈家。2019 年的某天，熊尔各感觉身体不舒服，甲哈请了毕摩做仪式，又尝试了酸菜汤、感冒药等几种治疗方式，然而仅仅几天的时间，还没来得及送去医院，她就去世了。至于具体死因，没人知道。

早在 2015 年，凉山展开扶贫攻坚活动，给甲哈分配了一套安置房，这套房子政府补贴三万块修建成本，个人只须贷款两万做些后续装修即可入住。贷款的很大一部分被苏甲哈克扣下来吸毒，以至于房子的屋顶只有一半的瓦片。母亲葬礼那天，甲哈去找了苏取哈，结了一部分工钱（他曾为苏取哈的矿场开铲车），买了瓦片补上空缺，这样可以不让外人看到仅仅是塑料布充当的房顶。剩下的钱不够买窗帘，只好任窗户豁着大洞。

瓦岗的人们公认甲哈对老婆很好，但绝对算不上孝子。妈妈葬礼上收到的人情钱，他迫不及待地用来购买毒品，没几天，又花了个干干净净。

在毒品的戕害下，苏甲哈消瘦、憔悴、面无血色，毒品从他的身体里把血和肉一点点拿走，使他望去如同行尸走肉一般。他对自己的形象毫不在乎，永远穿着同一件衣服，衣服的边角支起一层油腻的壳子，不知道有多久没有洗过。他经常弯着腰慢吞吞走到路边或者随便什么地方，吸嗨了之后就地一躺。这样的人在瓦岗很常见，倘若有外人到镇上做客，多半会怀疑那些路边横着的是死人。

很多年以后，走在路上的依呷轻而易举地辨认出一个骑摩托车经过的男人是吸毒者："只要看他的眼睛，我就能知道他是吸毒的，和正常人不一样。"

苏甲哈最初吸毒的时候，村长说只要他能够戒掉，还会再给他一次担任组长的机会，但他后来不断复吸，进出戒毒所两次，完全失去了从前的意气风发。苏甲哈不但丢掉了所有的工作，也没有人再敢雇用他。

家里可以换钱的家具家电慢慢地被变卖一空。有一天，熊古则发现村里贩毒的年轻人准备搬走甲哈的液晶电视，用以抵债——某种程度上，电视机算是"某家过得不错"的证明，也是一种必需品。熊古则把那几个年轻人痛骂了一顿，声言："如果他以后拿家里的东西来换（毒品），绝对不要给他。"自此村里再没人敢再兜售毒品给甲哈，他就绕到另一个村去买毒品。

甲哈的房子里终日连炊烟都没有一缕，也没人会再借钱给他，都知道他还不起债。一个堂弟记得甲哈在最后的那段时间里，会拖着疲惫瘦弱的身躯去村口，长时间地站着。甲哈赚钱最多的时候抽过中华，没钱了改抽娇子。他站在村口是因为那里人多。"他站在那里几个小时假装聊天，其实是为了蹭烟，到最后总会有人扔给他一根半根。"妻子和母亲相继去世，再也没有无条件包容他的亲人了。除了一起贩毒吸毒的人，其他人他也没有什么往来。苏甲哈像是火塘上架着的一根木柴，大家知道它快要燃尽了，也只能无可奈何，眼睁睁看着等着。

甲哈当然无数次尝试过戒断，有一次犯瘾的时候他跑到哥哥家，让依呷把他的手脚绑住。依呷家里是旧式的泥土房，四周都有泥柱子，他用一根麻绳把叔叔绑在柱子上，按他的吩咐，不管怎么喊都不松开。甲哈叫到声音嘶哑，眼泪鼻涕一起流下来，依呷只能狠下心，把脸别过去。

这是他仅有的一次戒断成功，连续几个星期眼看着精神都好了起来。结果不知道为什么，又和狐朋狗友混在一起开始复吸，而且变本加厉。

熊古则对甲哈说："名义上你是我弟，但你和依呷一样都是我养大的，也可以算是我的儿子。我来帮你戒毒，你不要埋怨我。"她把甲哈锁在厨房里，只有吃饭的时候才开门给他送饭。

仅仅一天，甲哈就受不了了，在里面制造出各种撞门的声音，家里人都忍着不去理会。过一阵，侬呷听到厨房没了动静，进去一看，甲哈把鞋带解开，两条系在一起，搭在厨房的横梁上试图自缢。侬呷忍不住对叔叔爆粗口："有什么嘛！一个大男人，戒毒都戒不掉，算个××？"他们又将他的手脚绑在烟囱旁边的桌子脚上，家里人思来想去，在家戒毒的后果实在不可控，还不如送去戒毒所。

惹作刚去世的时候，有人跟甲哈说，要不要再另外找个老婆，被他拒绝，后来再也没有人提过。有一次甲哈像是半开玩笑地和侬呷说："我这个鬼样子，和谁都没有可能了。"

甲哈有一部诺基亚翻盖手机，像素不高，屏幕上划的尽是道子，短信都看得不太清楚。甲哈和侬呷聊天，翻看手机讨论着家里的亲戚。侬呷发现有张惹作的照片一晃而过，甲哈停下来，翻回去，再划走，叹息着说："如果苏丽妈妈不死的话，我们这个家不会变成现在这样……"

没多久，甲哈的手机欠费停机，再后来也不知道是卖了还是丢掉了。从那时起，这个世界上再也没有苦惹作的照片。

甲哈最后一次从戒毒所出来，在家里待了一阵。有天他很郑重地把依呷拉到门口，把银行卡的密码告诉他："虽然卡里没有钱，但偶尔还会有什么政府补贴之类的。"依呷感到莫名其妙，甲哈又补充说："你爸妈就你一个儿子，我也没有儿子，我们两兄弟的命都系在你一个人身上。"

那几年，政府加大禁毒的力度，效果立竿见影。贩毒现象几乎绝迹，吸毒者找不到毒品的来源，大多以凶猛的酗酒来替代。甲哈也是如此，几乎每天都烂醉如泥，早上醒转就叹口气，掏出几块钱，招呼女儿到身前："去给我打点酒。"

屋子里已经没什么家具了，只剩下一张褪色的沙发。苏丽记得爸爸整天躺在沙发上，一动不动。酒后的味道经久不散，屋子里的空气浑浊不堪。苏丽去小卖部打回来酒，一声不吭放在他身旁。很多年后，苏丽已几乎不记得苏甲哈的长相，但对他喝酒时的急切记忆犹新。"从来不用杯子，都是拿着瓶子直接往嘴里倒。"苏丽说。

从苏丽的记忆来看，父女关系并不密切。询问她关于父亲的印象，有一句话令人震惊。"他打我。"苏丽小心翼翼地说。这个说法没有人相信，或者说没人愿意相信。依呷认为是苏丽的记忆出现了混乱："她年龄太小，哪里记得这些。有可能是别人，被她混淆了。"在依呷的记忆里，叔叔对女儿唯有呵护和疼爱，他亲眼看见过叔叔抱着苏丽流泪的心碎时刻，也看过叔叔小心翼翼地一边和女儿说话，一边把钱掏出来讨好她的样子。

然而依呷父亲苏拉哈的回忆，印证了苏丽对甲哈的陌生和疏远。惹作死后的几年间，苏丽整天往他这个大伯家跑，她对大伯苏拉哈和伯母熊古则的亲昵，远远超过她对自己的生父。

2019年6月13日，苏丽一早起来要去上学，伸手跟甲哈要零用钱。六岁的她对父亲的印象是：经常失踪，偶尔可见，有时能要到一块钱，碰上他心情好，可以要到两块钱。甲哈翻遍所有的口袋，没找出来一分钱。"去找堂叔家的婶婶要吧。"他对女儿轻声说道。后来依呷把这件事情解读为"压倒他的最后一根稻草"。

那天苏丽上学走后，村里就没有人见过苏甲哈。从戒毒所出来之后，他每天都会准时接苏丽放学。然而下午在学校等了很久，苏丽都没有看到爸爸的影子，就和同村两个小朋友一起走路回了家。回到家发现门被反锁，她进不去屋子，于是就去求助邻居。邻居连忙和苏丽一起来到她家，透着门缝可以看到里面的情况：房子的房梁很高，分割为两层，客厅是挑空的，一层靠南的半边隔出两间卧室，卧室上面是个小阁楼，平时用来储存粮食杂物，没修楼梯，就搭个木梯子上下。

阁楼没有封闭，敞开的横梁拴着根绳子，苏甲哈吊在绳子上一动不动。

邻居赶紧通知了苏家的人，人们冲进房间，差点被一屋子的酒气熏晕，水泥地面上都是喝光的酒瓶子，几乎没有下脚的地方。左右邻居折腾半晌，解开绳子把甲哈从阁楼上扛下来，裹好安放在客厅的衣柜前。有人让苏丽过来看看爸爸,她指着已经凉掉的苏甲哈说:"把他挪开一点,不要挡着我拿衣服回婶婶家。"

余音 "空山不见人"

　　苦惹作和苏甲哈先后故去，女儿苏丽成了父母双亡的孤儿。但是她不只是这对小夫妻的女儿，更是苏家的孩子，可以得到整个家族的照顾。这也是家族不可推卸的责任。伯父苏拉哈和堂兄依呷把苏丽接到家里，苏拉哈成了苏丽的爸爸，熊古则成了苏丽的妈妈。来到伯父家的第一天，苏丽问熊古则："妈妈，我是不是以后都可以住在你家，不用再回那个家了？"

　　这个问题太让人心碎，熊古则反复叮嘱三个孩子："苏丽这孩子太可怜了，我们要让她得到双倍的爱。"伯父全家对她极尽照顾和疼爱。敏感的苏丽总有一种小心翼翼的姿态，有人送零食给她，她会一再跟大人确认："可不可以吃？"

　　依呷忍不住说："你以后都不用问，这就是你的家，你想吃就吃吧。"然而苏丽还是会让姐姐阿美先吃。这种在传统语境中被称为"懂事"的表现，让人心疼。

　　苏丽平常很安静，情绪稳定得不像小孩子，从未有过大哭大闹的时候。她的表情让依呷印象深刻，"就像一个大人在沉思"。有一次,苏丽和阿美闹了别扭,她也没有哭,一个人闷了半天,自言自语:"我知道妈妈不是我真正的妈妈,只是我的婶婶。"

她的身世在村里当然不是秘密。有天苏丽和两个小男孩拌嘴,小男孩吵不过她,突然蹦出一句:"你是个野种!"苏丽一下子愣了,倒也没有号啕大哭,站在那里不说话,眼泪吧嗒吧嗒地掉下来。这一幕正好被依呷看到,依呷把两个男孩训了一顿。

这种情况在学校会不会发生,没有人知道,苏丽回家从来没说过。和惹作一样,她把什么话都藏在心里。她平时喜欢笑,嘴角永远扬起一个向上的弧线,这一点也和惹作一样。

都说女孩像爸爸,仔细端详苏丽的脸,会发现惹作的基因似乎没有起一点作用。苏丽的五官和甲哈十分相似,小圆脸上两只眼睛分得很开,黑褐色的眼球又大又圆。如果问她是否还有关于母亲的记忆,苏丽除了摇头还是摇头。毕竟惹作死的时候她刚刚三个月大。

彝语当中,把妈妈叫作"阿母"。很长时间里,苏丽分不清妈妈和阿母的区别,她说阿母是"死了的那个人",妈妈就是"我现在这个妈"。苏丽当然知道,人死了就是不会回来。毕摩会在仪式当中提及,那些先人的灵魂已经长途跋涉回到了兹兹普乌,和祖先一起沉睡。彝族孩子从小耳濡目染这些灵魂与神鬼的观念,因此并没有多么害怕。

苏甲哈死后没多久,侄子依呷在中考前的最后一个月,晕倒在校门口，最后去医院确认是长了脑垂体瘤。这个瘤就是导致依呷流鼻血、头痛的原因。

这一年原本满怀希望：苏拉哈夫妻在外打工多年，终于让家里过上了顿顿有米饭的温饱日子，还攒了一笔小钱，打算供依呷读大学。

生病的巨额花费给这个家庭蒙上了巨大的阴影，满怀的希望接连破碎。依呷算过一笔账：当初给惹作的彩礼，自家出了一半；惹作死后，赔给苦家的三万，也是自家出了一半；再加上平日躲不掉的各种人情往来，父母攒的钱早就消耗殆尽。依呷生病后，往返医院的路费、住宿费开销很大，保险却并不涵盖。亲戚家能借的都借遍了，甚至有一次找了七八家，只借到八百块钱。家里没什么可以抵押的财产，只能去借高利贷，利息越滚越大，到最后变成天文数字——十六万。

巨额债务必须偿还，全家人还得拼命去赚钱。尽管已经年近六旬，苏拉哈夫妻也只能再去广东打工，两人加在一起每月收入四五千，去掉生活成本，勉强能攒下一些用来还债，依呷的姐姐为了弟弟的病倾尽全力，如今也和丈夫一起外出打工。

全家人外出赚钱，引发另一个难题：家里没有人可以看护苏丽了。拖到2022年的家族会，他们决定把苏丽送去福利院暂住——那里至少有专门的老师看护。在彝族的家支概念中，孩子无论如何都会归属某个亲戚照顾，所以这些孩子只是"暂住"在那里，不像在其他地方的福利院那样，可以被外人收养。

苏丽没有哭，默默地收拾自己的衣服，临走的时候拉了拉依呷的衣角，她抬起头低声问哥哥："还完钱，早点来接我回家好吗？"

周身柠檬黄的乡村巴士开进雷波县城，一路上被截停几次，都是给羊群让道。无论是狭窄的泥土山路，还是柏油铺就的省道国道，羊群都具有绝对的优先通行权。来往车辆必须停下来，等它们慢慢通过，有的小羊比较好奇，站住向车里张望，更多的羊咩咩叫着穿越道路。虽然脚下匆匆，它们却丝毫没有惊惶的模样，似乎随时准备在悬崖峭壁上纵身一跳，展示它们的敏捷矫健，但最终也只是不缓不急，就消失在了视野之中。

苏丽暂住的福利院位于雷波县城西南，手机上所有的地图导航APP都没有标注它的所在。从雷波县城新区出发一路往西南方向行驶，十来分钟以后，导航显示抵达丁丁马村。一块蓝色路牌上有个大大的箭头，上面写着"恩达福利院方舱隔离点"，沿着路牌指引的方向在乡村土路七拐八拐，路旁村民用手一指，"拐到尽头"，终于抵达目的地。门口大铁门右侧挂着一块牌子，上面用彝汉两种文字写着"雷波县未成年人保护中心"。牌子右侧是一块稍小的牌子，上面写着双语的"雷波县儿童福利服务中心"。

铁门门口坐着个独眼老人，问他什么都没有回应。把守大门的门卫拿出个本子进行登记。进去以后第一栋楼是养老院，事实上门牌上的"雷波县未成年人保护中心"并不怎么为人所知，这里被外界统称为"恩达福利院"。

养老院后面就是儿童楼，楼门口上方挂着一条长长的红色横幅，写着"关心爱护未成年人成长，用爱托起明天的太阳"，落款是"雷波县社会福利中心"。儿童楼主体为四层，一楼住的几乎全是男生，二楼是女生，苏丽的宿舍在209。

209是一个两人间，两张实木单人床相隔一米左右，看起来非常结实。一个人有一个三开门的大衣柜，室内厕所没有投入使用，堆满了杂物，孩子们上厕所要去靠近楼道铁门的公共卫生间。"晚上一个人去上厕所会害怕。"苏丽说。她说偶尔也会做噩梦："梦见过僵尸来抓我，好吓人。"梦境自然千奇百怪，但她说死去的双亲，从来都没有进入过她的梦境。

"大家都说，你爸爸年轻的时候长得很帅哦。"她旁边的小伙伴笑了，她也跟着笑了。

带了一个玩具娃娃给苏丽，崭新的娃娃吸引了所有的孩子跑来围观，他们一股脑涌入苏丽的房间。这些孩子都在接受九年制义务教育，能说一口标准的普通话。（在雷波县和金阳县，年龄大一点的彝族人，基本上只会讲彝语，能讲点四川话的都不多。）苏丽话很少，穿着红色外套的她也像个娃娃，任由身边的孩子捣鼓娃娃的音乐按铃，一声不吭地微笑着。

娃娃唱起了 *Let it go*，贴着夸张睫毛的眼睛也吧嗒吧嗒地一睁一闭。正在玩娃娃的短发女孩也来自瓦曲拖村，按照庞大的家支体系来认定，她算是苏丽的姐姐。她一边嬉笑着，一边手脚没轻没重地拽着娃娃的头发，说要给她梳辫子。苏丽依旧微笑着不说话，好像这个被别人搂在怀里的娃娃和她毫不相干。后来合影的时候，她也保持了疏远的客气——她的头靠着别人，身体却偏向另一边。

家里没人知道苏丽的成绩，每次问她，苏丽也只是摇头。带孩子们上晚自习的老师说，苏丽是个很乖的孩子，从来都不用老师催促作业，总会自觉完成。其实墙上有小朋友们的考试成绩，苏丽两科合在一起才92分，老师说可能是因为她心里没有学习动力或者是目标。"但是，"老师强调说，"这个孩子从来不会跟别人吵架，和谁都相处得挺融洽，从来不会给老师增添任何麻烦。"

苏丽的语文作业本上，写的最新内容是王维的《鹿柴》：

空山不见人，
但闻人语响。
返景入深林，
复照青苔上。

她已经反复抄写了很多遍。

离开福利院时天已经黑了，行至来时的第一个岔路口，路边有一个来时被我们忽略的路牌，摇摇欲坠，上面画着两个箭头：一个指向恩达福利院，另一个指向屠宰场。

学校放假了，依呷回到瓦曲拖村。偶尔他会去打开叔叔苏甲哈住过的房间，打扫灰尘，再去叔叔婶婶生活过的老房子。依呷习惯性地推门而入——尽管房子早已拆毁，种满了苞谷，只留下一堵墙和墙上的门。他是这世上唯一一个对这个地方念念不忘的人。

事实上，苞谷地可以从任意方向进入，而且更方便。依呷开门的时候，生锈的黄铜锁叮当作响，一只黄狗盘踞在那里，浑身挂满尘土，大概把那里当成自己的领地。很难通过外貌来判断它是不是野狗，扔根火腿肠过去，它立马放松警惕。这时候才发现它比第一眼看上去强壮得多，皮毛茂盛，浑身发亮，看来把自己照顾得还不错。这条狗特别接近甲哈和惹作曾经拥有过的那条土狗——不过依呷也不敢确定。或许，这里的动物比人更擅长赖活着。

人们经过苏丽和爸爸住过的安置房时，往往会加快步伐，尽管门里面并没有任何使他们害怕的东西。一只黑色的猫从院子里路过，跳上了隔壁的门廊，警惕地斜睨着这里的动静。房顶依旧能看得到缺失的瓦片，所有的窗户都没有玻璃，只剩下防盗的铁栏杆，使得视线上有种莫名的倾斜感。院子里有个独立的小屋子，用竹篾遮住了空豁的嘴——那里甲哈原本想做成一个洗澡房。

推开安置房的红铜色房门,屋里的水泥地空空荡荡,墙上贴着一张巨大的表格,"雷波县建档立卡贫困户帮扶联系及惠民政策公示牌",帮扶对象为"苏甲哈",家庭人口为"2+1"。

一组高矮不一的衣柜靠在进门左侧墙边,画着彝族传统纹饰,上面写着"中共四川省委 四川省政府 赠"。两只破旧的落地音响看上去颇为硕大,蒙着尘土,牌子是英文的YIVIA。被硕大的蜘蛛网包围的横梁之上,能望见浅浅的瓦片,阳光从瓦片的缝隙中漏下来,可以想见雨雪侵袭时,必然会漏水。苏甲哈自缢的小阁楼已经清理干净,看上去和楼下一样空空荡荡,阁楼的墙壁和屋顶连接处缺了一些砖,大束的阳光斜射进来,仿佛置身黑暗中的电影院。

瓦曲拖村的人似乎有些忌讳提到苦惹作,大多数人也记不清她的名字,都把她叫作"苏丽妈妈"。当初陪熊古则一起送惹作去医院的女邻居,被公认为惹作在瓦曲拖村唯一的"朋友",在她闲聊到惹作的次日就特别紧张地要求删掉聊天记录。其实在她的回答里,除了模棱两可的描述并没有其他。("她和甲哈夫妻感情挺好的。""惹作和大家关系也挺好。")她甚至不承认和惹作的好友关系,她说:"我们的关系就是普普通通,没什么特别的。"

说到底人们都担心惹麻烦,尤其是怕自己说了什么,再引起苏家和苦家的纷争。然而从苏家和苦家相关人士的表述来看,由于两个家族之间世代通婚的羁绊太深,实际上的关系早就修复了,除了苦曲者和苏拉哈——死去的年轻夫妻的哥哥们之间绝无来往。

苦家的人会笼统地把苦惹作的事情称为"死给",但也并没有严厉地谴责苏甲哈乃至苏家,即使是和惹作感情很好的苦七金,也觉得错不全在苏家,和苏取哈弟弟一家人依旧保持了很好的关系。

苦家态度最决绝的是远嫁到金阳县甲谷村的二姐苦史日,她十六岁嫁到这个村子的毕摩家,很少有机会回去罗乌。如今苦史日的日子看上去还不错,大部分时间都在忙活,不是在围着火塘做事,就是在照顾最小的孩子。苦史日看上去感情内敛,不善交流,哪怕是和堂弟苦七金聊天,也是听得多,说得少。然而只要提起妹妹惹作的名字,她就会毫无征兆地落泪,大颗大颗的眼泪滴落在衣襟上。她没有直接说出苏甲哈的名字,但她坚定表示:"我对他,还是有埋怨的。"

苏家的人现在对于"死给"的说法并不太接受,提起那些离现在十来年的往事,他们坦承不排除有记忆偏差的地方。"那时候瓦岗吸毒的人很多,其他女人也不见得为此就自杀了……"苏家有人谨慎地提到这一点。就连和叔叔婶婶感情最深的依呷也说,长过脑瘤后,许多记忆慢慢就变得模糊,大家对同一事情的说法都有了出入,由此生出的是非对错,又怎么确切地定性呢?

2023年,通过保守治疗,依呷的脑瘤终于控制在了3.6厘米,回到了内江继续完成他的大学学业。瓦岗家里的卧室,放着一把吉他,如今琴弦生锈,已经落了灰。生病前依呷喜欢看NBA,学习成绩优异,弹吉他,有过唱歌的梦想。但从2019年开始,经历一系列家庭变故之后,这些爱好都丢掉了,他像在成都受挫的甲哈一样开始"认命",对未来感到无能为力。

八月份,依呷从瓦曲拖村回镇上,恰逢暴雨。只半天工夫,一条浅浅的小溪流水量暴涨几倍,泥土、树枝和黏稠的冲积物混杂着泡沫漫上了道路。大卡车都不敢开过去,只能停下来等待。这时候来了一个骑着摩托车的男人,完全无视溪水暴涨的情况,试图涉水通过。依呷和车上的人大声阻止,男人充耳不闻,连人带摩托车马上就被山洪冲倒。摩托车转瞬消失不见,万幸男人被路口的管子挂住,算是捡回一条命。

在大凉山,生死就是这样随意而暴烈。女人"死给"的悲剧,依旧不时发生。2024年5月,苏家一个嫁到金阳县的女人由于多年遭受家暴,"死给"了丈夫。

这位不幸的苏家女人最严重的一次被打得头上缝针,手也断了,家族得知后正打算为她出头,她又被老公哄去新疆摘棉花,在新疆再被家暴,最后决意以死反抗。得知消息的那天,苏家出动了四十辆车、三百多人(其中有八十多个女人)赶赴金阳县,为自家的家支撑腰。此行最后,并没有走法律程序解决,而是由对方家族和德古出面,最终商定三条解决方案:第一条,男方赔命价,给女方家族十万元;第二条,女方家族拿走五万,留五万给孩子(算是舅舅给外甥),以存续情感;第三条,男方承诺今后不再娶,若再娶,必须苏氏家族同意。

新的死亡还在层出不穷,淹没着旧的死亡。人们杀着牛鸡,抽着兰花草,喝着苞谷酒,请毕摩做迷信。哀悼死者所宰杀的牛血和猪血被冲进水沟,膻腥之气一年到头久久不散。

无论如何,毕竟是2024年了,对于许多人来说,真相和眼前具体的生活相比,似乎变得不那么重要了。

瓦岗镇中心的大小也没变化:"一条338米长、13米宽、面积4 569平方米的大街"[1],有三两家超市、两家面馆、一家宾馆、两家酒坊、一家发廊。除此之外,添了一家KTV,一到节假日的深夜就传来鬼哭狼嚎的声音,但是没有人唱彝语歌曲。

政府给村里盖了很多安置房,墙面被统一刷成白色,瓦片是明亮的蓝色。从很远的地方看过去,房屋侧面画着的牛头在落日的余晖中闪闪发亮。通往雷波县的主干道已经硬化,铺上了水泥,更多的大货车路过这里。通往瓦曲拖村的土路,却越发不堪,根本经不起暴雨的冲刷,被碾轧得沟壑纵横,底盘低的小车很容易抛锚。除了本地司机,外来车辆都不敢冒险一试。

---

[1] 引自《雷波县志》,1997年,四川民族出版社。

十几年间，苏家头人苏取哈经历了很多起落。2011年之后，苏取哈沉迷打牌，在三年之间足足输掉了六百八十万，不得已将投资的水电站卖给了合伙人，从此变得意气沉沉，不再出门给人做德古。大儿子苏史古抱着"为了让老百姓哪怕少等一分钟"的理想进入了政府部门，也不可能回去瓦岗"子承父业"。

这两年，苏取哈决意东山再起，筹资两百万买下了附近的一个水电站，开始了他人生的第六次创业。他已经不大管瓦岗的事情，只是不甘寂寞，就开了快手的直播，用彝语讲古论今。可惜认真观看的年轻人不多，他们大多在外读书或者打工，刷着大数据推送的短视频。

《凉山日报》报道：2020年11月17日，四川省人民政府批准凉山州普格、布拖、金阳、昭觉、喜德、越西、美姑七县退出贫困县序列。至此，四川八十八个贫困县全部清零。本年，凉山州顺利完成"十三五"易地扶贫搬迁总任务，助推凉山脱贫攻坚圆满收官。凉山州搬迁任务占全省搬迁总任务的26%，易地搬迁人口占全州贫困人口的36%，累计建成安全住房7.44万套，35.32万群众搬入新居。安置区同步建成硬化道路4 335千米。

雷波县城飞速地改头换面，越来越接近外部世界。就连坚守传统的毕摩，也与时俱进开始在短视频平台上直播"做迷信"——不管是送祖灵、招魂还是驱鬼,他们都会贴心地准备不同价位的"套餐",供人选择。最近一次苏家带领的大型祭天仪式,已是2017年了。瓦岗的大毕摩也在为后继无人发愁,自己的儿子不愿意继承衣钵,越来越多的年轻人外出打工。村里的老人都说"自从有了电灯以后,鬼都少了很多",人们做仪式的需求也在日益减少。

瓦曲拖村里买车的人越来越多,有人开始用私家车做往返瓦岗的生意。瓦岗镇上的快递站在2023年底引进了美团优选,村里的人也可以头天在网上订购蔬菜,第二天早上去快递站取货。2023年,瓦曲拖村人均年收入达到了13 309元,在全县、全州已经处于中等水平。

2024年1月,熊古则夫妇回家过年,苏丽也从福利院回到瓦曲拖村。与同年龄的孩子相比,苏丽长得很快,长手长脚,假以时日,应该也会长成一个深目高鼻的美女。

有天太阳很大,熊古则坐在院子里,给苏丽认真地看了生辰八字和手相。"这孩子命很硬,要么就是对自己不利,要么就是克身边的人,所以亲奶奶、爸爸、妈妈都离开了她。但她自己的身体很好,估计能够长寿。"熊古则笃定地说。

只有十一岁的苏丽还不知道"命运"意味着什么,婶婶的算命于她而言,不过是一个转瞬就可以忘掉的戏言。这个寒假,她沉迷于电视里的《海绵宝宝》,她一动不动蹲坐在电视机面前的小板凳上，捧着零食全神贯注地看派大星和蟹老板，笑得前仰后合。

苏丽的脸变得更圆了，她正是长身体的时候，从早到晚，酸菜汤、坨坨肉、辣条，都往嘴里塞，不到一个小时，她吃下的半盆饭就消化干净，又开始喊饿。依呷对此有些担心："我们太惯着她，糖吃得多，都蛀牙了。"

苏拉哈和熊古则不在家的日子，家支相互支援的力量还在默默发挥作用，总有这个姑姑那个姐姐把苏丽接去家里玩。没有人忍心对她严厉，督促她学习。一直以来，苏丽没有做过任何家务活，没放过羊也没放过牛。但她依然对大人有一种不假思索的"听话"，和那些失怙孩子的叛逆野性非常不同，当家人们坐在火塘前聊起苏甲哈和苦惹作，她好像一点好奇心都没有，从不插嘴和追问，也没有显现出难过的神情。或许就像许多在苦难中生活的人一样，有的事情只要不问不想不打听，悲剧就不曾发生在自己身上。

有一次，依呷去福利院看妹妹，掏出兜里仅有的一百块钱，让她买点好吃的，苏丽摊开手掌，把几张零钞拿过去，想了想又留下一张二十元面额的钞票，其他的又还给哥哥，她知道哥哥和她一样，拥有的并不多。

放寒假的时候，苏丽贪玩落下了寒假作业，熊古则和她开玩笑说，在村里要是不好好读书就只能去结婚。"那可一点都不好玩，"苏丽连连摇头，"我不想结婚。"

有一天，老师在课堂布置作文《我的理想》，苏丽说她长大了要当医生。"这个世界有很多的病人，"她写道，"我长大了要当一个医生，这样就可以治好哥哥。"当苏丽写下这个愿望的时候，她并不清楚，要想当医生，必须跨越普妈、及尼补、沙玛莫伙波、马俺、阿火瓦坨、哈嘎、者隆巴杰山等大山。或许有一天依呷还会告诉她，就像当初甲哈告诉依呷的话——要想看到外面，需要从羊肠小道到小路，从小路到水泥路，再到柏油路，须得不畏艰险，翻越悬崖才能找到路。

悬崖上的罗乌也即将成为留在历史中的名词。2013年前后，因为一直不通水电，生活极不便利，政府开展高山贫困村民的安置工程，罗乌的村民陆续搬下山，苦家人也分散至各处定居。苦曲者先是随父亲苦友古搬去金阳，又迁移到电锅村，最终搬到了西昌落脚。大概由于犯过"一些事情"，他和所有亲戚几乎都断了联系，苦家也只有很少的人知道他的情况。他如今在西昌租住一个两三百块钱的院子，养着老婆和五个孩子，日子过得颇为不易。拿到苏丽的照片时，苦曲者看了两眼，说她长得像苏甲哈。但他并没有解释为何这么多年，一次也没有去看过外甥女。

惹作的堂弟苦七金家搬到了天地坝镇的尔觉西中心村，这个地方海拔比罗乌低一千米左右。苦七金的爸爸苦曲博花了几万块买下一栋平房，没有了百草坡牧场，不可能再像从前那样养羊赚钱。苦曲博转而种植苞谷和青花椒，勉强养活瘫痪的妻子，也养大了两个儿子：如今他们一个在宁波做外卖员，一个在东北念大学。

2023年11月，凌晨五点从成都出发，经过512国道，途经眉山、乐山，从马边彝族自治县开始，在弯弯折折的山道上不停拐弯，行驶接近十二个小时以后，下午五点多抵达美姑县的洛俄依甘乡。在那里休息一晚，次日继续南进，沿着一条修得很好却寂寥无人的水泥路盘山而上，经过断壁残崖和万丈深渊，踏过无人前来修整的泥石流堆，三个小时后则可以抵达罗乌。这里已经可以望见云南的山脉，山的另一面是昭通，彝族人的祖灵之地。

极目望去，这个地方几乎看不到什么活物，只剩一片断壁残垣，无人居住的房子被遗弃在阳光里，就像是世界的尽头。很久之后，从群山之中走出来一位老汉，苦七金叫他二叔，曾经担任过罗乌的组长。因为舍不得他的羊群，二叔过段时间会从县城上来住一阵儿，用太阳能发电点一盏小灯，和羊群共同面对风霜雨雪和野兽。

黑色山羊身形粗壮，蹄子有力地站定在斜坡上吃草，任意东西，漫无目的。牧羊人任由它们来去，只是捏着鞭子，裹紧身上的察尔瓦，定定地坐在一处，把自己变成这萧瑟又荒芜的世界的一部分——最后的罗乌人。

惹作家的老房子，那个她和阿达、阿母、兄弟姐妹居住过的地方像被什么吞食了，只剩下一圈半人高的残破墙体，好似没消化好的骨骼，破落、荒芜。完全让人想象不出来这里曾经有过苞谷酒、歌声、火塘与炊烟。

再也无人耕耘，再也无人栽种，罗乌正在慢慢还原成荒野——那是它最初的模样。那时候，苦家的先祖还未曾踏足，没有捕猎的号角声，万物在蒙昧之中，只分天和地，只有大山巍峨，万物在其中孕育。风搅动着的荒草如同魂灵，不需要指引，也永远不会迷路，此地仿佛更接近于他们的兹兹普乌：没有饥饿，没有寒冷，没有颠沛流离，也没有悲伤和痛苦，直到生命逐渐熙熙攘攘，直到阿达的骏马奔驰在牧场，直到青草和松脂的清香铺满。

从罗乌到瓦曲拖村，苦惹作一生居住过两座房子，如今它们都已经废弃。除了亲人的描述和女儿苏丽，再没有她曾经生活在这个世界的丝毫痕迹。在毕摩的描述中，距离罗乌二十公里之外的瓦曲拖村，惹作的魂灵还在黑暗中孤独地游荡着："之子于归，远于将之。瞻望弗及，伫立以泣。"①

可是苏丽还没有长大，还没有能力为母亲做安魂仪式。

树叶簌簌，江水湍湍，高山峡谷可能会变成沧海桑田，活着的生灵终将遭遇雷电、暴雨、日晒、冰雪和命运的考验，一代又一代在火焰中寻求永恒的真理。这无尽大山里的彝人，一

---

① 出自《诗经·邶风·燕燕》。

切都有传承和牵连、呼唤和回应,然而女性的身影却始终无来由、不可说,她们从前不会、现在不能,将来也不是这大山历史中被记载的一部分。

每年进入冬季,冷空气和大雪总是不期而至,
在2013年的汉族年之前,苦惹作喝下百草枯的那一天,瓦曲拖村就是这样的天气

这是苦惹作嫁到苏家后，和苏甲哈居住过的地方，
如今房子拆除成为菜地，只剩下一小段围墙

这条小路尽头的围墙底下，就是苦惹作喝下百草枯的地方，
唯一见证了全过程的棕树，早就被砍掉

苏甲哈在苦惹作死后修的房子，他在这座房子里自缢，
小孩子晚上路过这里，会尖叫着跑过去

论关系，苦七金算是苦惹作的堂弟，他说自己是被苦惹作"带大"的，两家人关系很好，他也一直怀念着罗乌的那些日子

苏依呷至今对叔叔婶婶念念不忘，
某种程度上他觉得他们在那段时间更像是他的父母

阿喜在大学里,是勤奋努力的研究生,回到瓦岗,则是全天候不停歇的彝族女性

罗乌曾经的小学校，
可惜苦惹作从不曾享有在里面读书的机会

苦惹作出生长大的家，
在罗乌的风霜雪雨中逐渐消蚀

罗乌，牧羊人和羊群，最后的人类痕迹

通往恩达福利院的路边，有个不怎么清晰的指示牌，
此后前路渺茫，要靠驾驶者自己去闯荡

永远不要以粗心为借口原谅自己。

(风俗)(风俗)(风俗)(风俗)
(柔和)(柔和)(柔和)(柔和)(柔和)
(招待)(招待)(招待)(招待)(招待)
(传说)(传说)(传说)(传说)(传说)

鹿柴　　　　　鹿柴
唐 王维　　　　唐 王维
空山不见人，　空山不见人，
但闻人语响。　但闻人语响。
返景入深林，　返景入深林，
复照青苔上。　复照青苔上。

⑤ 五个豌豆荚里 跑五粒豆
wān　　　　wān　　　wān
豌豆 豌豆 豌豆 豌豆 豌豆
wān　　　　　hái　　hái
豌豆 豌豆 耐心 耐心 耐心
hái
耐心 耐心 耐心 课堂 课堂

教师评语：

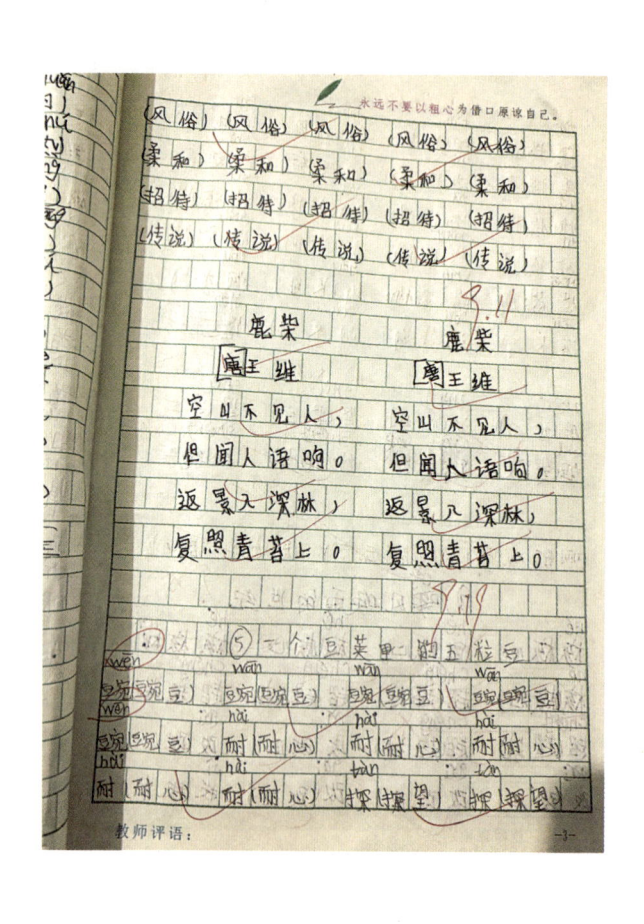

苏丽的语文作业本，
她是享受九年制义务教育的一代

附录　其他女人

如果苦惹作没有死，那她大概会活得同这里的其他女人一样。

以惹作住过的房子为起点，沿着泥土路向北，约有两三块田地的距离，经过几栋新修的安置房和散落的柴火堆后，可以看到外来媳妇吉木衣洛的小卖部。一栋二层小楼，楼上住人，一层划分为两个区域：半边摆了张台球桌，打球免费，不外是希望聚拢点人气；另半边做成小隔间，几个黑色的铁架靠在墙角，架子上无非是一些袋装方便面、辣条、养乐多等零食，摆放并不整齐，杂乱无章。

衣洛是1999年生人，皮肤黝黑，五官并不突出，长得更像汉人，六七年前她从海拔更高的一个彝族村落嫁过来。租来的五菱宏光载着她颠簸在碎石和烂泥夹杂的路面上，像一匹野马。山路不断下降又攀升，仿佛波浪般无休无止。衣洛趴在车窗上看着即将到达的瓦岗，汽油味直冲鼻子，她强忍着呕吐感，摇头说了句："这是个什么鬼地方。"如今，她已经在这鬼地方生了四个孩子。

五岁的时候,有一天衣洛在核桃树下面站着,天色晦暗,一堆乌云聚集到山脊最高处,衣洛看看远处,又低头看看尘土扬到自己的赤足上。邻居小孩拿起竹竿,核桃一颗颗掉在地上,她也就跟着捡起来就吃,腰间忽地一麻,扔下来的竹竿插在自己腰上。她下意识地把它拔出来,腹间掉出来一截像鸡肠模样的东西,她也只是连忙塞了回去,捂着伤口去找大人。

她不明白自己是怎么活到现在的。她也从长辈那里无数次听到过"命数"这个词,但是衣洛不敢去算命,她害怕自己的"命数"过于悲惨。

并没有吃饱的记忆——跟着爸爸过日子,每天就是用很少的米煮成能照见影子的稀饭,爸爸喝米汤,米粒留给衣洛和弟弟。在菜地里揪撮白菜用水煮煮,没有酱油也没有盐巴,菜叶子煮熟了就往嘴里硬塞。

小学刚读完一年级,衣洛就退学了,带后妈生下的弟妹,帮家里干各种农活。为了不成为家里的拖累,成人礼刚过她就被嫁到了瓦曲拖村。丈夫在外面跑点小生意,赚的钱只够自己吃口饭,没有剩余。衣洛在村里开个小卖部,一包辣条一袋方便面地赚点零钱,养活自己和几个孩子。

虽然来自更闭塞的高海拔村落,但吉木衣洛作为一个准〇〇后,还是对瓦曲拖村的民风保守感到吃惊。去年夏天,她穿了条长裙,几个上了年纪的女人满是厌恶地用眼睛剜她,嘴里念念有词:"穿裙子……也不怕风吹起来,啥都看光了!"

老年人因循守旧，年轻人也深受影响。

有一年五一之前，干旱和暴雨轮番来袭，连续的极端天气让瓦岗主要的粮食作物苞谷遭受了极大考验。就像绝大多数的村庄一样，瓦岗的青壮年都外出打工了，只余老病妇孺照顾土地。衣洛无法独自抗灾，就找到女邻居莫西木指帮忙。木指新嫁过来不久，从小和土地、牲畜打交道，是相当不错的下田帮手。但这就是衣洛对她的全部了解。

某日，天刚擦黑，衣洛突然看到木指气冲冲地夺门而出，她的丈夫气喘吁吁在后面追。木指经过身边，衣洛问她："这是怎么了？"木指脸上涨得通红："天还没黑，他居然对我做那种事情。"她用手指指身后的丈夫，跺了跺脚："那种事情！"

衣洛一愣，然后明白了木指的意思，却不知道如何向十六岁的木指解释，这本是夫妻之间的正常行为。她和木指聊过天，像这个村子的大多数女性一样，她从没有穿过短裙，即使到了成年，也对男女之事一无所知。

瓦岗通往外部只有一条土路，狭窄曲折。途中有一座两尺来方的小桥，从那里可以望见更低处的斜坡和陡峭的巨石。瓦岗的好些人都记得，在谷底最深处，高低落差形成的一个小瀑布旁边，有天发现一个女人躺在那里，四肢下垂，身下有摊血，应该已经死了。有人从穿着辩认出来是苏家的一个人，虽然四十几岁，按照辈分却叫依呷大哥，有丈夫，也有四个孩子。

这样的事情在瓦岗很快就会口口相传，衣洛当然也知道所有细节。据说那个死去的女人是因为家庭琐事跳崖。然后她又听说木指被气得回了娘家。衣洛把两件事情放在一起总结:"我们彝族人有个特点,不喜欢沟通。哪怕是父母和子女之间,或者夫妻之间,有什么问题都藏在心里。心里的小问题累积得越来越多,到了一定程度,也许很小的事就成了导火索。然后就真的去寻死。但是在那些不太了解的人看来,就完全不能理解,以为真的是因为那么小一件事,造成那么严重的后果。"

看清楚别人是一回事,看明白自己是另一回事。衣洛自己又能好到哪里去呢?她抱怨自己"太容易怀孕",十七岁生下第一个孩子,之后又连生三个。开小卖部需要去县城进货,驾驶三轮车往返装卸都是她一个人,中途还要随时停下来喂奶,安抚哭闹不已的婴儿,大一点的孩子也不能疏于照料。衣洛感觉到自己的生活轨迹似乎哪里不对,但从未想过避孕。昏暗的小卖部里,背景音乐是孩子永不间断的哭声。"如果可以,"她说,"要是不结婚就好了。"

然而结婚是改不了的命数,早早结婚生子,是女孩子不读书之后的仅有道路。出嫁前,有一天衣洛割完猪草回家,进屋就闻到一股子香味,很轻微,但一下子就从漫天的猪粪、牛粪的味道中跳出来。后妈出门了,屋里此时一个人都没有,衣洛在每个角落都搜了个遍,最后发现香味来自熄灭的炉火上用锅盖盖着的碗——后妈偷偷煮了方便面,一根面条都不剩,只留了些汤汁。衣洛端起来就喝光了,那是她少年时尝过的最鲜美的味道。很多年以后，衣洛才知道那不是"饿"的滋味，而是"穷"的滋味。

在多数彝族女性眼中，最羡慕的榜样是这样的：男人能赚钱，夫妻从不吵架。在瓦岗，这般被众人称羡的女人，只能是熊哈喜。

从苦惹作的房子往西直线距离五公里，步行一个多小时便是头人苏取哈家。苏取哈拥有瓦岗镇上最大的房子、最大的院子。左邻右舍的年轻人结婚，都会向他借场地办婚事。

然而房子的女主人，苏取哈的老婆、苏史古的妈妈熊哈喜，对自己的婚姻家庭也充满抱怨。她今年五十八岁，深浅不一的皱纹遍布她的脸，皮肤有一种经年累月被紫外线照射形成的黢黑。一个大大的背篓仿佛长在她的背上，不仅把她压得脊背前倾，还让她落下了腰椎间盘突出的毛病。腰突之前，她以为力气这种东西，会终生属于她。

十五岁的时候，熊哈喜从洛嘎阿则村嫁到苏家。洛嘎阿则村有汉人居住，海拔低，可以种水稻，生活条件比瓦曲拖村好许多。

熊哈喜一年到头都在劳作，她种苞谷、大米、洋芋、小麦、荞麦、高粱，但凡她见过的能吃的作物，她都想种下去看看能否收获。为此，她在分家时候仅有的两亩地的基础上，又开垦出了十多亩。

婚后，熊哈喜生了两儿两女，从没避过孕。20世纪80年代以后，计划生育政策收紧，计生委每三个月来检查一下（按政策三个孩子以上算超生）。生第四个孩子苏尔古时被罚了四百元，之后，她又先后流产了两次。

不管是怀孕还是坐月子，熊哈喜从没有得到过任何照顾。第一胎生女儿时，是丈夫的后妈，还有另外一个女性亲戚来帮忙接生。所谓接生，就是地上铺一层蕨基草，让她躺在上面生产。小孩生下来，亲戚递给她一把剪刀，让她比着膝盖的地方把脐带剪掉，"消毒都不懂得"，之后用旧衣服把娃儿包起来。

第二个孩子苏史古还有十几天要出生的时候，苏取哈修房子摔了下来，没有钱也没去医院。他躺了整整十三天，都是熊哈喜挺着即将临盆的大肚子背着他去拉屎撒尿，再背回到床上。

后面两个孩子都是熊哈喜独自生产，没人帮忙。四个孩子全部都是在家里出生，从没有去过医院。孩子们出生时，苏取哈有时会第一时间回来看看，有时就没有回家。熊哈喜的妈妈也心疼女儿生孩子，可是地里农活太忙，没有时间照顾她，背着米饭和面面饭过来，放下就回去了。

熊哈喜一直自诩身体很好，只是在生完大儿子之后，脑壳总是晕得很。苏史古还没有满月，才二十几天时，她已经起床，用磨子给自己推面面饭、做酸菜，基本上没有休息过。

苏取哈生意做到很大，有个阶段差不多是瓦岗的首富，又因为做德古，帮人调解纷争，赢得了广泛敬重。但是熊哈喜始终无法接受他赌博的恶习。"我在家里含辛茹苦，名声都是他得了。他一直赌博。赢的时候，天天在饭馆里吃饭，我们母子一口都没有吃到，输的时候，要债的找到家里来。高三那年，苏史古都说想退学了，全部是靠我喂猪喂鸡，一点点把这个家撑起来。"

家族的亲戚对熊哈喜这个说法表示有限的认同："没有她（熊哈喜）稳住家，苏取哈早就把这个家给挥霍光了，然而也正是有苏取哈在外面打拼，才能在那个基础上稳定提升。"苏史古也毫不犹豫地承认："这个家的支柱一直都是父亲，这个是根基。"

苏取哈前些年赌博输了六百多万，夫妻两人为此没少吵打，家里人更是私底下透露：早先还没赚大钱的时候，苏取哈就非常好赌。有一次打牌输了，把熊哈喜和别家一起养的小马（别家出母马，熊哈喜代养两年，直到生到第二胎才属于苏家）都输掉了。熊哈喜的辛苦打了水漂，气得当天晚上就把孩子们带回了娘家。

熊哈喜对丈夫的赌瘾颇有怨言，可是忍不下心来离婚。"娃儿辛苦得很。"熊哈喜说。如今她最大的喜好是喝两口小酒，大概是因为酒精能让她偶尔放松，忘却仓库里的粮食、待哺的小猪、地里的蚕豆、拉屎尿的孙子以及巨大的债务。

2019年，因为土地纠纷，熊哈喜受到丈夫牵连，被刑事拘留三十天。苏史古找遍关系，请律师，找证据，才把父母捞出来。熊哈喜哪里见过这样的场面，免不得受到惊吓，至今在街上看见警车，还会心惊肉跳，手脚发凉。

"在彝族社会中，作为女性，我妈妈做得非常好：养儿育女、操持家务、待客热情、秉承家风、买地建房、巩固家庭，不给家族和爸爸丢脸。可是她好像没怎么为自己活过。"正是从母亲身上，苏史古看到了一辈子和土地血肉相连的农民形象，也让他得出这样的结论："彝族女性是生存在最底端、被压迫得最多的一群人。"

熊哈喜不仅把自己变成了瓦岗最勤劳的女人，也把苏取哈的妹妹阿喜影响得和自己如出一辙。阿喜是小名，她是苏尔哈和第二个老婆生的，大名叫苏惹作。她比苦惹作小一岁，一看就是那种典型的"听话"的好女孩。

阿喜很多年以后才明白，"惹作"的意思是"再来一个男孩"，类似于汉语当中的"招弟"。她不喜欢这个名字，更愿意别人称呼她的小名阿喜。1995年，当她出生于百草坡的时候，妈妈看了她一眼，轻声地咕哝一句"又是个女儿"，就丢在旁边不去管她。直到一个姑姑听到了从家里传来的哭声，找了件小小的察尔瓦把她裹好，又寻来流食喂她。若非如此，天知道刚生下的阿喜，是否会因冻饿夭折。

阿喜有两个同父同母的姐姐，大姐比她大十岁左右，也就是1985年被她阿达苏尔哈一句话定上娃娃亲的那个。

身为女性，阿喜很容易就能发现，彝族男女之间地位和待遇的巨大差异：每个家庭都会找毕摩给小孩算命，男孩的未来是念到什么学位、当多大的官、发多大的财；但是占卜到女孩的时候，所谓的未来就是长大会嫁个什么样的丈夫、丈夫会不会有工作、会生几男几女……

即便是神话传说，传递的信息也是女性必须蒙受委屈。据说远古的时候，男人臣服于神灵的权威下，每当神灵出一些谜语时，总是男人的妻子在耳边告诉他们答案，或再提出难度更高的谜语来。直到有一天，这些神灵中的一位——支格阿龙，强迫她们要顺从男人，戴上头饰与重重的耳环迫使她们低着头，穿上裙子使得她们行走缓慢。

从小受大嫂熊哈喜的耳濡目染，阿喜也有样学样，特别勤快。阿喜的日常也和大嫂相似，但凡在家，每天天亮就起床打扫房子。此时苏取哈已经修了大屋，大大小小很多间，还有很大的坝子。打扫好房间之后还要喂猪，等着侄子侄女还有大哥大嫂起床，然后一起做早饭。下午放学回来，继续投入新一轮劳作：喂猪、做饭、洗碗、打扫……大嫂也会言传身教，熊哈喜经常跟阿喜说："女孩子就要勤洗衣服，干干净净的。""女孩子要学会做饭、喂猪、扫地这些家务事，如果你什么都不会的话，到了夫家会被数落甚至被抛弃。"

与其他女孩相比，阿喜无疑是幸运的——在她七岁的时候，大哥苏取哈开始赚大钱，阿喜因此获得了受教育的机会。但苏家的传统，所谓的"尚武"和"德古"那些精神都是留着灌输给男孩子的。苏取哈在外面做生意难得回来，他和阿喜讲的是另一番道理:"什么年纪应该干什么事情,都是有规律的。女孩子要是没有在合适的年纪嫁人,以后只能被剩下。就像××家的女孩,人很优秀,家族也优秀,但是对婚姻一直很挑剔,结果三十岁一过已经没人过问,到现在都还是一个人,变成了人们茶余饭后的话题。"

从小学开始,阿喜时不时就会看到空缺了的课桌——那些女生结了婚之后就再没来上课,乖乖听家里面的安排,等着成家或者出去打工。当然也有结了婚还坚持读书的女孩子,多读几年直到初中毕业。

娃娃亲和包办婚姻是这里生活的组成部分,即使男性也无法逃脱这种被安排的命运。苏史古十二岁那年定了娃娃亲,大学毕业的时候,他意图抗争,想要摆脱这种形式,结果被父亲关在家里二十八天。苏史古还为此在考公务员之前去"流浪",最后还是选择回归,听从家长的安排成婚。婚后家庭稳定,妻子学历高、品貌优秀,两人感情也甚笃,只是他回想起被安排的人生,总会觉得留有遗憾。

这样的包办婚姻想要幸福,需要运气眷顾。更多情况下的包办婚姻会催生更多的悲剧。苏取哈做德古多年,手头有过一个数字:从1949年至今,瓦岗地区殉情自杀的就有四十对(八十人)。他们大多是自由恋爱,偷吃禁果,不能结婚,又不能流产,只能走上绝路。

即使如此,苏取哈也绝不允许阿喜嫁给骨头更差的人家,也就是那些曾经被苏家统治过的家族。

2021年,阿喜在雷波县工作,同时准备贵州大学的研究生考试。一天突然接到大哥苏取哈的电话,把她喊到一个小茶楼,直接告知她,让她准备嫁人。阿达苏尔哈已经同意,如同当初嫁掉她大姐一样,也是听了媒人几句介绍就立刻拍板:第一,和这个家族开亲非常合适;第二,两家骨头合适;第三,没有什么不好的地方,如遗传病、明显的性格缺陷;第四,男方在金阳县有个临时的工作。

"咱们家又不是皇亲贵胄,凭啥就不嫁嘛?别人看得起你的时候你要嫁,再看来看去,过几年就三十岁了!"

整个县城响起了爆竹的声音,阿喜就这样在痛哭中迎来了新年,这是她第一次没有听大哥的话,始终不松口。幸好没多久,贵州大学社工专业研究生的通知书到来,阿喜才松了一口气。"如果当时没考上研,他们动作那么快,现在我可能就不是一个研究生,而是一个妈妈了……"

阿喜并不责怪大哥,她对苏取哈让她读书的感恩胜过一切。只是她也明白,只要回到瓦岗,她就永远都不会是大学研究生,而是一个命运随时可以被男性长辈捏在手心的小女孩。

以苦惹作的房子为起点,瓦曲拖村往西翻过狮子山,一百一十二公里之外的觉呷村,二十九岁的石一日西被四次失败的婚姻弄得愁眉不展,终日长吁短叹。

日西第一次结婚的时候只有十七岁,被父母指定嫁给了一个堂哥[①]。她非常不喜欢那个堂哥,小时候只要他来家里玩,她就会拿石头去打他。她也说不上来为什么,对他天然有一种生理性的厌恶,可是父母却特别喜欢他。当她哇哇地哭着反对,妈妈就骂她,你不嫁他,想跑到哪里去。

是啊,能跑到哪儿去呢?石一日西,1994年出生于凉山彝族自治州昭觉县日哈乡的觉呷村。觉呷是日哈乡唯一的贫困村,处在古里峡谷中——那里也是苏家世仇的势力范围。

这里山高路陡,一旦下雨,出门就得使出下盘功夫,在黄色的泥浆中滑步前进。环顾四周,除了高山就是峡谷,除了熟悉的那二十来户邻居,就是家里的几十只羊。

每个女孩在婚礼那天都会戴上贵重的首饰,竭尽全力把自己打扮漂亮。日西却心灰意冷,脸都没洗。双方的家人有的在喝酒,有的忙着招呼应酬,似乎都没有注意到新娘的必要,也没有任何值得纪念的细节。日西全程都在敷衍,心里只有一个想法:"我不打扮,丑一点,他就不会喜欢我了。"

这桩婚事,家里收了堂哥两万块钱的彩礼,石一日西绝对想不到,这段婚姻将是自己多年噩梦的开始。

她想尽了一切办法,逃避这段婚姻。婚后在新郎家待了

[①] "堂哥"指的是父系平表亲属,一般而言,彝族社会严格禁止父系平表亲属间通婚,甚至连"辈玩笑"也不能开。但是他们在说汉语的时候,又时常把堂表关系说混,所以实质上应该是日西的一个表哥。

三四天，日西就以照顾外公的名义躲到外公家。她为此被父母骂，还有一个堂哥跑到外公家来骂她："我们都不照顾外公？你跑来照顾他干吗。你一直在这个家，不去他家吗？"

有一次，她看见墙上写着那个男人的手机号码——那是她父母记下来的，她拿起一支笔，偷偷把号码中的"0"改成了"8"，天真地期望只要父母打不通那个错误的号码，自己就可以顺理成章地和对方失联。

并没有如她所愿，父母还是一直催促她去丈夫家。她一度为了躲避，还去广东打了半年工。如此四五年过去，直到二十一岁，父母终于同意她离婚。尽管她和堂哥没有同过一次房，对方还是要求十倍赔偿彩礼，两万变成了二十万。

二十万，对于凉山的彝族家庭来说无异于天文数字。想填补上这个窟窿，唯一的可能，就是收取下一次婚姻的彩礼。有人给日西介绍了一个人，也是日哈乡的，见面的那天，双方父母找了个小卖部，买了几瓶啤酒，大家东聊一句西聊一句，两个人远远地看了彼此一眼，只知道对方看上去没有残疾，连长相都没看清楚。

第二次婚姻火速办完，日西家拿到二十万的彩礼，把第一次婚姻的赔偿款给补上了。她在日哈乡男人的家里待了十天，也是这段婚姻里两个人真正在一起的全部时间。其后多年，她都在北京打工。这段婚姻持续到了2021年。

第二个男人没什么文化，性格很暴躁，两人见面就是吵架。

她在北京一待就是几年，男方到她家里闹了三四次，最后她从北京回来协商离了婚，这次需要赔偿对方三十七万。

第三段婚姻在2023年的春节，也是经人介绍，是一个西昌附近的人。介绍人在日西父母面前说得天花乱坠，对方怎么有钱、有房子、有工作，不会让日西吃苦。在父母的催促下，她便匆忙地进入到第三段婚姻，把第二次婚姻赔偿的钱给补上了。

一结婚才发现，对方并没有正经工作，最不能接受的是对方酗酒，端起酒瓶子就再也不放下。仅仅三个月之后就离婚了，赔了四十三万。

石一日西如今在西昌找了个饭店做服务员，一个月辛辛苦苦赚到四千多，省吃俭用，连一瓶擦脸的油都不舍得买，就为了把钱存下来，希望早点还清所欠的离婚债务——父母为了她，早把家里的牛卖了。

为了这庞大的债务，日西茶饭不思，不想和任何朋友联系，不想回答别人的问题，比如：为什么要结婚，为什么要离婚。她从来都不会去忤逆父母，从小到大都如此，他们说的一切她都会照做，甚至对父母充满了愧疚。"别人家的女儿出嫁，会拿那个彩礼钱去娶儿媳妇。而且其他人家的女儿在外面打工，赚一分钱都要给家里面。我爸妈一分钱都没要过我的，也没有用过我的，我这个婚姻一点都不能帮到家里。"她差点哭了出来，"我们彝族人最重视面子，我对不起我的父母，让他们丢人了。"

瓦曲拖村的女人很少外出打工，用衣洛和她表妹阿花的话来说，就是"我们这个村特别不鼓励女人外出打工，生怕你翅膀硬了，将来就不回来了"。

　　这里的价值体系是由家支决定的。2016年以后，外出打工的年轻人越来越多。过年回家的时候，有个女孩染了一头红发，在镇上走了一圈。这无异于在瓦岗放了颗原子弹，看到她的嬢嬢回到村里就开始和人聊起这件稀罕事，传到第三个第四个人的时候，嫌疑人的人物画像徐徐展开：那个人我认识，那是苏取哈家某个亲戚，是不是二十岁的样子，个子不高……不到半天，村里人人都知晓了此人的"个人简历"：属于苏家家支下面的瓦池支系，叫作尔诺，在广东打工几年了，也不结婚，看上去就是不守妇道的样子，说不定在外面私生活也很乱……舆论哗然，整个家支提起此事，都觉得抬不起头。

　　衣洛的表妹阿花是个〇〇后，因为上学时成绩不好，还在学校谈过男朋友，十七岁的时候，父母就匆匆忙忙把她嫁了出去。阿花的好朋友玛薇，也是十七岁结婚。"学习成绩好，可以去读大学；成绩不好，就会被父母匆忙嫁人。但是，"她笑嘻嘻地说，"读大学的只要回来，一样是嫁人，不过是彩礼拿得多一点……"

　　衣洛的小卖部成为年轻人新近聚集与分享新闻的地方。这天阿花和衣洛在一起聊天，提起在瓦岗镇政府工作过的一个女人。"她从小就被许配给表哥，由男方家供养着读书，考上了研究生，才得以挣脱这门亲事。在那之后，她的哥哥离世，母亲在家里自焚，都被指责说是她的问题。丈夫做生意，莫名其妙出车祸去世后，她才发现男人用她的身份借贷，背了一身的债务。她后来再次结婚，选的是自己所爱的，生了个儿子，但是噩耗再次传来，现任丈夫被查出来是艾滋病病毒携带者。她的生活又变得一塌糊涂！"

"镇上的人给我说过另一个女人，"阿呷拉过话头，"那个女的嫁的也是父母安排的，第一段婚姻有个女儿，因为丈夫进监狱被判刑十二年，选择留下孩子离婚。第二段婚姻则是和丈夫生活一段时间后，发觉他是个吸毒者就离开了。第三段婚姻现在生了两个女儿，丈夫是个残疾人，生活依然没有过得很好。她才三十岁，上次看见就像个老太婆。"

"这种生活真的太没有意思了，"衣洛感叹说，"如果到那种地步，我怎么都要离婚，最低限度也要想办法离开。"

"衣洛，那可行不通啊。"阿花说，"除非你整个家族都不要了，否则怎么可能不顾及家里？"

"你以为那个女的没有反抗过？她之前就住在这条街上，几乎算是看着我长大的，好像就是几年前吧，我妈发现她鼻青脸肿地从家里出来，手臂上伤痕累累……"

"你看到了吗？"

"我没有，那天我妈教育了我半天，说这就是那个女人要离婚的下场，说这些都是命，别整天想着往外面跑……给家里丢脸，我真的很害怕。"

"瓦曲拖村是我见过的最保守的地方。"衣洛又重复了一句，并没有打算接住阿花的话。还打算说点什么，停了下来，眼睛直直地看向门外。一辆面包车停了下来，衣洛的丈夫在驾驶位上，看着一群女人坐在一起，脸色变得阴沉，终于什么都没说，开车走掉。

衣洛脸上露出尴尬的笑容，赶紧把怀里的宝宝放在台球桌上，用衣袖把孩子满脸的鼻涕擦干净，用绑带绑在背上，转身去做饭。

小卖部噤声之后，整个瓦曲拖村都处于无望的寂静中，空旷的街道出现的只有这些：一只蛤蟆在门前的阴影中蹦蹦跳跳地穿过路面；道旁阴沟里淌着不知道哪家毕摩做完仪式后的猪血；蛾子和蠓虫飞舞着，盘旋在猪粪的上空。

惹作家向南约二十分钟路程的一座房子里，六十六岁的阿比拉则总是在夜晚偷偷哭泣，为了尽量不让人听见。

拉则是从金阳县的一个村嫁来瓦曲拖的，屈指算来，已经快五十年。她的丈夫十年前去世，两人结婚三十年，她想不起一件男人为她做过的事情："孩子他爸人很老实，话不多，我们一辈子也没有说过几句话。"

她没有接受过一天教育，日夜操劳，养大两个儿子。前些年大儿子进了监狱,大儿媳跑了,相依为命的小儿子出去外面打工,有天生了病。拉则说不清楚儿子得的什么病,反正回到家养了两年,去过西昌、宜宾的医院,最后是他的岳父花了五千八,买到一种特效药,算是给治好了。身体恢复一些之后,小儿子外出打工,又毫不顾忌地喝酒,再次生病倒下,回到家的时候,已经虚弱得不成样子。

阿比拉则请了毕摩过来做驱鬼仪式,一大早她正要和小儿媳出门收苞谷,小儿子隔着门说了句:"阿妈,我已经喝了农药,请跟孩子妈说一声,好好照顾孩子们。"就从里面把门反锁。两人急得不知道如何是好,最后还是隔壁的邻居拿来斧头才劈开门。然而小儿子喝下了整瓶的百草枯,根本无力回天。

小儿子死后,小儿媳外出打工,每个月给拉则寄来一千块钱,她独立照顾两个儿子丢给她的六个孙女,做饭,喂牲畜,下田种苞谷。她说:"什么都不敢想,只能简单地活着。"

阿比拉则平时特别爱笑,皱纹包围的脸上,酒窝时隐时现,可以想象她年轻时候的清秀。苦几则说她性格开朗,聊着天还会时不时就哼唱起自己填词的山歌。不会有人知道,她一到天黑就关门,早早地上床睡觉,往往睡到中途会醒过来,把自己捂在被窝里哭。

"这就是我的命吧,"说起命运,拉则的眼圈有些微微发红,"毕摩早就给算过了。"小儿子死的时候,她感觉整个人都空了:"就是勉强活着,也不会去和人家说,讲了又有什么用。"

活下去就要忍，如果去死，也很决绝。这里自杀的人不算少，大多三种方式：跳崖，上吊，喝农药。

衣洛说："我们这里死的女人比较多。谁都怕死，可一个女人如果婚姻不幸福，不能离婚，逃也没处逃，亲人又觉得没有面子，结了婚以后，对娘家来说就是外人，对婆家来说是陌生人，简直无路可走……和这种绝望相比较，死亡根本不算什么。"

高海拔地区强烈的紫外线、长年的劳作，使得此地的女性大多手指皲裂、皮肤粗糙。村里有位妇女因为长年用手剥核桃，手被核桃的外果皮染成绿色，终生不褪。

阿喜四岁大的时候，等山上干活的爸爸回来，看到屋檐下放着剁猪草的菜刀，学着大人拿起来把玩。刀很重，劈在手指上，直接把食指劈开成两截。大姐赶紧抓起一个蜘蛛网，糊在伤口上，又用绳子给捆绑了几圈，勉强止了血。长好以后右手的食指比左手短一截，像是发育不够良好的树节，从指甲那里鼓出一坨，指甲盖也因此显得畸形。多年以后，她依旧怯于与人握手。

伤痕累累是这双手，擦洗器皿是这双手，抱柴烧火是这双手，喂猪打草是这双手，抱住孩子是这双手，背负重物也是这双手——千百年以来，无数的彝族女性靠双手劳作活着，吃饭、睡觉、结婚、生育,她们仿佛从来都没有用这双手为自己做点什么。在这大山的深处,世界的尽头,她们是年幼的惹作、年轻的惹作和年老的惹作,是女儿、人妻和人母,唯独不是她们自己。

后记

1

到达雷波县瓦岗镇之后的第五天，隔壁金阳县芦稿镇发生山洪，四人遇难，四十八人失联。实际上瓦岗的情况也好不到哪去，从瓦岗出去必经的主路上几处塌方，泥沙和石子堆积成山丘，我被困在瓦岗整整一周，暴雨砸在房顶的铁瓦上，不分昼夜，时间和空间感都丧失了，世界是不绝如缕的雨丝风片，人极微渺。

几天之前，也就是2023年8月17日，在日哈乡认识的彝族姑娘阿喜给我写了一封邮件，她在信里说："这里（瓦岗）居住着很多的女性，不同群体不同年龄阶段。目前（我的）安排是（8月）22日左右返校，如果易老师在这段时间来到瓦岗，我还可以陪您几天哦，可以一起去看看，听听她们会说些什么。"

接到邮件的时候，昭觉县城也正在经受暴雨的洗礼，我赶紧换下被淤泥包裹的裤子和鞋子，在一个小时之后，火速跳上了昭觉到雷波的乡村巴士。那是一辆柠檬黄的车，门把手和车窗上方的扶手都坏了，也没有安全带，但这并不妨碍前后三排（加上副驾驶位）挤进六个人，背筐压榨了剩余的空间，我的脚下还被人扔过来一只丝毛鸡，时不时在我的球鞋上刷一个带有尖利触碰的存在感。

出发伊始，手机就响个不停，阿喜一直在不断催促，让我告诉司机开快一点再快一点，因为从昭觉县到雷波县要经过美姑大桥，每天中午大桥会封闭一段时间，一旦过了那个时间再抵达雷波的沙坪子，就会错过去瓦岗的车。（"如果太晚了路上很危险。"）她也着急忙慌地帮着联系能够送我去下一程的师傅。

此时我已经在大凉山腹心地带盘桓近两个月，对于"交通不便"四个字有了深刻了解。公共交通方式在很多地方都付之阙如，我到过的村庄大多数只有一辆私家车拉活儿，时间线路不定而且价格昂贵，动不动就需要花上五六百块钱和整整一天。这样的车通常平等地塞满人、货物和动物。我见过一个老妈妈扛着比轮胎还大的笭箍，里面的蘑菇上爬满蚂蚁。还有一次，一位漂亮如天仙的姑娘挤上了最后一个位置，牵着的羊就硬塞进后备厢，它就这样随着我们在颠簸的乡间小道上，反复做着山羊跳。

同行的人一个个下车，司机慢悠悠地停下来揽客，每个人都要拉,哪怕他只坐一里地。时间在飞速流逝,我一咬牙,对她说:"我包车。"

当主路分野去往瓦岗的那条独路时,我立即就从一个大的趔趄中察觉到了。窗外的景色陡然巨变,绿得像梦境里才有的金沙江映入眼帘,仿佛瞬间展开的千里江山图。道路变得狭窄,每到转弯,司机便需要猛摁喇叭示警。前方的山坡时而绵延直上,时而紧急拐弯,一路都能看见"前方矿区,请慢行通过""落石高发地段,请谨慎驾驶"之类的指示牌。在艰难逃出一个巨大的泥坑后,连自诩是雷波本地人的司机都终于忍不住抱怨:"天啦,这是什么鬼地方!"我不敢接话,窗外是悬崖绝壁、万丈深渊,车里是师傅夹杂着川普的彝语,并没有任何一处可以抓握。

车子停下,我已经头重脚轻,手掌心捂出一汪汗水,跟着车子跌宕起伏的魂灵也缓缓地落回到身体中。我才反应过来,自己刚刚驶过平生遭遇过的最危险路段。来接我的阿喜手里拎只鸡,身旁跟条狗,也松了一口气的样子:"其实我一直都在担心这条路,这也是我从来不敢邀请大学同学过来玩的原因。"

2

2023年6月,一位读者看完《盐镇》后给我留言:"谢谢你能看到那些底层的女性,但是中国地方之大,还会有更多被遮蔽的女性……"

这种叮咛似乎更甚于直接的命令，于是我决定：去大凉山。大凉山历史悠久，早在西汉，《史记·司马相如列传》里就有"通零关道，桥孙水，以通邛都"的记载。汉武帝于元鼎六年（公元前111年）以邛都地置越巂郡，后隶属益州。"凉山"这个词最早出现于明朝。由于地理位置原因，大凉山历史上是一片"独立王国"。境内群峰耸峙，峡谷峭壁一泻千里，平均海拔两千到两千五百米，景象壮观、独一无二。

我在四川出生和长大，时常会看到那些戴着头巾、背着竹篓的彝族女人，她们在路边售卖草药、蔬菜或水果，表情总是怯怯的，很少开口说话。在日常闲谈中，常常会听到一些浅薄之人对她们指指点点，说她们不讲卫生、好逸恶劳。这些指责当然是轻浮而不负责任的，可是我也不知该如何辩驳，因为我对她们的生活一无所知。看到那位读者的留言，我突然想，也许可以去大凉山看看，至少可以了解一下她们的生活，为她们所受到的忽视、冷漠与轻贱做点什么。

所有人都劝阻我，让我不要去"那个地方"，即使是在西昌居住的彝族人，也有相当多的一部分一生都没有踏足过凉山真正的腹心地带，所谓的东五县——昭觉、布拖、美姑、金阳和雷波。没有和那些"高山上的人"喝过酒，交过心。他们无一例外以危言耸听的语气告诉我："他们是很难交朋友的一群人。"

轮番泼来的冷水并没有打消我的念头，也不能解答我心中的疑惑：她们过着怎样的生活？她们吃什么、穿什么，有什么娱乐？她们怎样抚育孩子，怎样与丈夫相处？甚至是最简单的问题：她们叫什么名字？

就这样，我走进了大山深处的小小彝村，那里的道路坎坷不平，鲜有外人光顾。我不想夸张其中艰难，因为在每一条阴暗小径的尽头，都有长久居住其间的人。他们通过大自然各种艰难的考验，锻炼出结实耐用的身体，同坚韧的荞麦种子一样，落地、发芽、生长，一世世耕种歌哭，直到和这里的高山、红土、瓦房、旷野融为一体。

然而，待了一个多月，我几无所获。年轻人大多外出打工，留下的中老年人差不多都不懂汉语，没有翻译，无法交流，她们也不知道我是做什么的。有一次，一位彝族老太太悄声恐吓旁边的孩子："这是个坏人，是来拐卖孩子的。"

我向所有人寻求帮助，抓住每一个认识的人，带我去参加各种各样的彝人聚会：婚丧嫁娶、祭神驱鬼，还有毕摩主持的盛大法事……我发现，无论是什么样的聚会，女性永远都是配角，她们羞涩地躲在男人身后，操持一切，却几乎不会发出任何声音。即使偶有所言，也总是面带红晕，轻声讲完很少的话，瞬即又走回阴影之中。

我试图理解她们的处境和生活，要求自己不要像有些人那样，用那种所谓现代的、城市的视角来评判，"不要只是听说凉山，要听凉山说"。但一路走下来，挡住她们的，不只截分天际的高山峡谷,也不只咆哮肆虐的雨雪风霜,横亘在她们面前的,还有更多更加巍峨深邃的东西,它们来自彝族歌谣中的古老过往,也来自眉睫之下的一针一线,它们绵延千年,缠绕不去,打成一个巨大的死结。我不知道这个结要怎样解开,但这个结必须解开。

在 2023 年的 8 月,山间冷风渐起的时节,我在昭觉县日哈乡的一个驿站中住了四十几天,感觉自己被卡住了——我不知道接下来该走去哪里,也不知道该如何写这本书,一筹莫展,每天等着黑夜慢慢降临。驿站是木制的阁楼,窗户有若干缝隙和孔洞,每晚睡觉之前,我要把自己的某件衣服挡在黑洞洞的窗户上,即使如此,早上也总能被觅食的大黑猪吵醒。床单有股霉味,有次睡至半夜,我在那张嘎吱作响的床上醒来,背上是被跳蚤咬的小疙瘩,手臂上是紫外线的晒伤,它们各有各痒,我胡乱地在身上狂抓了一气,站在窗前发了一会儿呆。

我不由自主地又想起了上海的生活,在那样的日子,我多次想过逃离,却并不清楚要逃离什么,而在日哈乡被蚊虫咬啃的这个午夜,我于恍惚中找到了答案:我要走到那些崎岖之处,做一个手有硬茧的记录者,或许也改变不了什么,但我可以记录下来,告诉这世界有哪些应当改变。

我要留下,潜到更深之处。

3

苏史古在电话中对我说:"我们这里的女性,是世上最受压迫的一群人。"

苏史古是苏家头人的大儿子,按辈份算是阿喜的侄子,也是我遇到的当地最有见地和学识的人。阿喜的家支是瓦岗历史最悠久、势力最雄厚的,我在瓦岗停留下来,听苏史古父子给我讲起苏家的故事,简直被迷住了。我听到的是一部口耳相传的混杂着神话和记忆的史诗,魔幻与现实交相辉映,加西亚·马尔克斯的《百年孤独》与之相比,也不过如此。

抵达瓦岗之后,我不断和苏家每个人闲聊,日夜进入苏家的"五百年孤独",直到某晚在火塘旁边,我听到了苦惹作的名字。这个女孩的一生可以用短短几句话说尽:1995年出生,十五岁的时候从金阳县的罗乌骑着马来到瓦岗的瓦曲拖村,嫁给苏家的一个小伙子,结婚生育,三年后服毒自杀。

讲述故事的人只是一带而过,苦惹作没有户口,没有身份证,没有结婚证,甚至连一张照片都没有留下,这意味着她的名字不会出现在任何大数据中,她仿佛从未存在。除了少数几个亲近的人,没人知道她曾经来过这个世界。但她不只是在一具人类的躯壳里活过,不应该只留下了这么点儿缥缈的痕迹,她的父母爱过她,她和丈夫坠入过爱河,她享受过孩子柔软的依靠,她是人女、人妻和人母,她活过死过,爱过恨过,清晨醒来过，深夜痛哭过。

我希望，能在世间找回曾经与她有关的一切，讲述这个美丽的彝族少女如何在山中长大，为何欢笑、为何哭泣？爱唱哪一首歌，爱穿哪件衣裳？怎样被邪灵附身，怎样度过新婚之夜？还有更重要的——她爱过谁？又曾被谁爱过？以及，她为什么要死？

八月份的瓦岗如同绝境。

那里有许多匪夷所思的死亡，牧羊人被冰雨冻死，小伙子被蛇咬死，花季女孩跳崖殉情……有一天，我乘坐苏史古兄弟苏尔古的车前往瓦曲拖村，途中他停下车指着不远处："看到那棵树了吗？有一对恋人就在那里上吊自杀了。"

每次探访和苦惹作人生相关的人，都必须要走过那一条条危险的道路，许多次我想起那些无名的骸骨，直视无尽的深渊，背上都会冷汗直流。

让我震惊的，还有他们谈论死亡的那种方式：平淡、轻松，甚至还带一点幽默，就像在谈论午饭或天气。要过很久我才能理解：在世界尽头，其实并没有人真正地死去，他们只是去了兹兹普乌，那是先灵所居，一个比此世界美好百倍的梦想故乡。

不过苦惹作，这个被世界遗忘的彝族少女，没能去到兹兹普乌，她的灵魂依然在山谷间、密林中徘徊游荡。瓦岗的人们说，如果在静谧的夜晚听到歌声，那是她在回忆悲戚的往事。

惹作已经死去多年，我无法和她一起坐在火塘边说话，听她讲述自己，只能从所有认识惹作的人的讲述中，抽丝剥茧，用一片片记忆的碎片逐渐拼凑出这个美丽姑娘的原貌，大凉山的风吹过旷野，瓦岗断壁残垣间玉米叶摩擦的碎响，所有这些，都是惹作的回声。

有一段时间，特别是在那些风声月影、木叶摇动的夜里，我就像被催眠了一般，真的听到了传说中的幽林歌声。我相信只要再过片刻，苦惹作就会踩着满地月华走来我的面前，唱起那首流传久远的《阿依阿芝》，向我诉说那些她从未讲出的心事。

我一次次地踏上那条失魂落魄的道路，找寻每一个见过、听说过苦惹作的人，不过在世界尽头，记忆很难长期保存，大概因为烟草、苞谷酒和那些带有特殊香味的植物的干扰，也因为死亡在这里不过是寻常小事，几乎无人能够完整地记起苦惹作的一生，我一次次地徒劳往返，一次次地灰心绝望。苦惹作的死亡使苏苦两家断联，我费尽力气，竟然找不到苦惹作的直系亲属采访，只要涉及苦家，线索就全部消失，如果这个故事只呈现苏家一边的讲述，无疑是残缺而不够有说服力的。

那是我第二次被卡住。

有一天，躺在干草堆上，抬头就能看到一整个银河跨过，我已经在这里待了几个月，陆续采访过其他的一些女性故事。我试着安慰自己：或者毋须执着于这一个故事，也可以呈现一个彝族女性的故事合集。

山穷水尽之时,奇迹出现,抱着"去现场总是好的"的想法,我坐了十几个小时的汽车去往金阳县,拜访一个苏家亲戚,居然无意中认识了苦惹作的堂弟苦七金。他为人朴实热情,而我终于如愿以偿,在他的带领下去到了苦惹作出生长大的地方——位于高山上的罗乌。

去往罗乌的路上,没有遇到过一辆车、一个人。这里的公路直到 2021 年才得以修通。和瓦岗相比,罗乌更呈现出一种蛮荒的美丽、残破的无助、壮阔的孤独,这才是真正意义上的世界尽头。

站在罗乌的山头,我看到苦惹作已经化为石砾的老家。那天,此前所有的采访、讲述和资料都化为具象,废墟还原成房屋,荒野还原成村落,到处欢声笑语,阳光穿房入室,光影里站着一个欢天喜地准备嫁妆的姑娘。面对着阳光下的幻象我双手合十,后来我才意识到自己说了几句话:"惹作,我希望让世界听到你的故事,如果你愿意,请帮我找到你的家人,把这个故事完成……"

说来也奇怪,从罗乌回来之后,寻找知情人的采访变得顺风顺水,我奔波于重重大山之间,把那些只言片语和零星往事收集起来,就像在林间捡拾落叶的孩子,捡了很多片叶子,再仔细地加以比对,直到把它们重新拼成一棵树。

4

从第一次出发去凉山至今，已经一年有余，当我将所有的材料放在一起，我意识到：选择苦惹作的故事作为样本，并坚持到底是个正确的决定，这不仅仅是"另一种被遮蔽的生活"，这样的悲剧非止一起，也非止一人，从古至今，从未更改。在大山的无尽阴影之下，在世界的尽头，还有许多像苦惹作一样的女性，她们终生劳作，常常被侮辱、斥骂和殴打，她们几乎不享有权利，也不拥有财产，事实上，她们自己就是财产，是父亲、兄弟和丈夫的财产，是可以售卖、可以转让的财产，像牲畜，或者奴隶。

我渐渐明白她们的沉默源于何处，那是一道长久的封条，来自长期的权力不对等的生活。她们的沉默从来都不曾震耳欲聋，她们只是暗自垂泪、暗自痛彻心扉。在这贫穷遥远的深山中，她们是更加贫穷的一群，也被放逐得更加遥远，她们一生被轻视被欺凌，任由男性主宰、支配，却发不出任何声音，也绝无可能逃离这样的生活。

作为一个外来的"观察者"，即使在这一年的时间也把脸晒黑，把手掌磨得坚硬粗糙，背起竹篓走过田间泥泞，和那些女性一起上山下田，一起缝补炊煮，但我绝对不会说这些经历让我"获益良多"。我必须坦率地承认，那种劳苦只会让我疲惫和痛苦，但同时我也知道，就在我身边，那些美丽的、歌喉如百灵鸟般动听的彝族女性,那些祖母、母亲和女儿,从出生到死亡,一直都过着这样的生活。就像山间随处可见的苦涩树叶,我只是浅浅地尝了尝,而她们必须终生以此为食。

一本书总有写完的时候,一个人的死亡也终究只是寻常之事,但世界尽头的故事绝不会就此而止,崇山峻岭间还有许多个苦惹作,这里大概有个平行空间:就在我们谈论AI、比特币和外太空的时候,她们正在重重大山之间苦苦挣扎。我在书中常常提到世界尽头的风光和民俗,但它绝对不是一本旅游手册,我希望读到这本书的朋友,有机会能够走到苦惹作的家乡,去瓦岗,去百草坡,还有罗乌和瓦曲拖村,除了领略山川之胜,也请稍稍留意那些沉默无声的彝族女性,想想她们何以沉默,以及她们的和我们的未来。

最后离开瓦岗之前,我去找苏尼算命。她梳着两条大辫子,因为走南闯北而面露沧桑,我猜不出她的年龄,只知道她也姓苏,聊到两个儿子先后死去时眼含热泪,瞬间变成一个普通的母亲。她摇头晃脑,有节奏地敲打着羊皮鼓,沉吟良久之后,她给了我很多语焉不详的预测和指示,其中有一句很清晰,她说:"你担心的事情,很快就会好起来。"

我向她道谢,付了点钱给她,就起身离开。在回成都的长途汽车上,我一直想着这句话,笑了一会儿,同时也觉得满心苦涩——她算错了。在她开示的那一刻,我想的是苦惹作,今年她冥寿刚满三十岁。假如没有死,而立之年的她,生活会是什么样子?

易小荷

2024 年 9 月 15 日

致谢

我前后持续花了一年的时间,走访了凉山彝族自治州的美姑县、昭觉县、布拖县、雷波县、金阳县,还有西昌市,力求寻访到所有和这个故事相关的人,尽最大努力去还原惹作的人生。除了极个别讲述者与未成年人使用了化名外,书中大部分采用了真实姓名。

最后一定要感谢一些人。特别要感谢苏史古,你是我见过的彝族人里最博学的,教给了我彝文和许多当地的习俗,几乎相当于我的半个彝族老师,永远无私地回复我。感谢苏依呷,从一开始就那么信任我,愿意给我讲述叔叔和婶婶的故事,希望世人能看到。感谢苦七金,用毫不吝惜的信任和直爽,让我感受到了彝族兄弟最真挚的爱。感谢侯远高老师,在日哈乡乡创驿站接纳过无助彷徨的我,让我可以继续我的田野调查。感谢阿喜,你说是因为看到我对彝族小孩的善意,而实际上你才是那个最善良的彝族女孩。感谢西南民大的汤芸、张原教授,无私地帮助我,借给我那么多宝贵的彝族资料。感谢马海尔牛、安哥、苏呷木果伟，你们热情地替我打通雷波、金阳图书馆的通道，让我可以借阅那么多材料。感谢瓦岗的熊以机毕摩、熊所攀毕摩，为我讲述瓦岗的毕摩历史和一些仪式。也感谢熊古日毕摩，耐心地教导我所有毕摩仪式的流程，帮我核对了书稿里的相关知识。感谢偶遇的苏子莫比和金阳县的阿苦只黑，通过你们，我进一步了解了金阳苦家的历史。感谢尔恩嫫阿子和阿比金曲教给我彝族民歌。感谢吉狄日都在布拖火把节的时候接纳了我，让我不至于流落街头。感谢吉尔拉布、取比石洗、阿支阿衣、马海木机，谢谢你们给予过的帮助和支持。还要再谢谢我没法写在这本书里的那几位朋友。谢谢所有的彝族兄弟姐妹，谢谢所有讲述者的信任和授权，卡莎莎，孜莫格尼。

图书在版编目（CIP）数据

惹作 / 易小荷著. -- 上海 : 文汇出版社, 2025. 1.（2025.2重印）-- ISBN 978-7-5496-4375-2

Ⅰ. I25

中国国家版本馆CIP数据核字第2024SV1230号

惹作

作　　者 /	易小荷
出版统筹 /	杨静武
责任编辑 /	何　璟
特邀编辑 /	赵慧莹　赵丽苗
营销编辑 /	潘佳佳　胡　琛
装帧设计 /	韩　笑
内文制作 /	张　典
图片提供 /	易小荷
出　　版 /	文汇出版社 上海市威海路755号 （邮政编码200041）
发　　行 /	新经典发行有限公司
电　　话 /	010-68423599　邮　　箱 / editor@readinglife.com
印刷装订 /	北京盛通印刷股份有限公司
版　　次 /	2025年1月第1版
印　　次 /	2025年2月第2次印刷
开　　本 /	850×1168　1/32
字　　数 /	140千
印　　张 /	9.5

ISBN 978-7-5496-4375-2
定　　价 / 59.00元

敬启读者，如发现本书有印装质量问题，请与发行方联系。